メディアワークス文庫

異常心理犯罪捜査官・氷膳莉花
怪物のささやき

久住四季

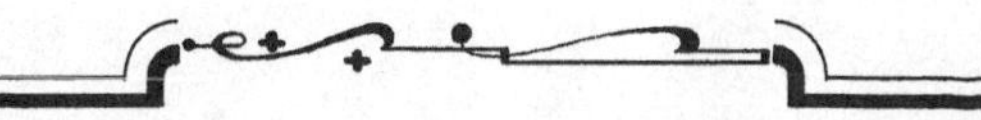

目　次

プロローグ

子供の頃から昆虫が好きだった。

放課後になると近所の公園の草むらで、バッタやカマキリをよく捕まえて遊んだ。夏にはセミ、秋にはトンボ。季節ごとにいろいろな虫がいる。捕まえたそれらを虫かごに入れてまじまじと観察するのは、何時間続けていても飽きなかった。

ただそれ以上に好きだったのは、そうしてたっぷりと観察した虫を、最後に踏み潰して殺すことだった。

胸や腹からぬるりとした体液をしみ出させながら運動靴の裏でぺしゃんこになった虫を見るのは、とても爽快だった。他にも、木の枝で胴を突き刺したり、溜めた水に突っ込んだり。いろいろな方法を試しているうちに、毎日あっという間に日が暮れてしまった。

やがて殺す前に、羽や脚をむしるようになった。虫は脆いので、丁寧にやらないと、むしった拍子に胴体ごと一緒に裂けてしまうこともあった。なかなか子供の指では難しく、だから地べたを這いずるだけの羽なしモンシロチョウや、仰向けに転がるだけの脚なしコオロギを作れたときは、とても満足した。

そのうち、中身も見てみたくなった。

カッターナイフの刃を昆虫のやわらかい腹に当てると、ぷつり、と体液があふれる。そのまま縦に引き、爪でそっと切れた外皮を開く。赤く小さな粒や白く細い糸のような器官が確認できると、それまで感じたことのない、得も言われぬ気分になった。それが性的興奮だと気づいたのは、やがて精通を迎えてからのことだった。

もちろん子供の頃から、自分の趣味を誰かに打ち明けたことはなかった。他の人間はこんなことで興奮を覚えたりはしないのだということは、周囲の子供より頭と身体の発育が早かったおかげで察していた。

なので、冬は嫌いだった。身の回りから昆虫がいなくなるからだ。おかげで、毎年その時期になると、己の欲求との闘いになった。そしてそれは、歳を重ねるごとに激しいものになっていった。

……ああ、中身だ。中身が見たい。何か代わりのものでもいい。何でもいいから、何かないか。

だからその思いつきは、ある種、必然と言えるものだったのかもしれない。

人間の中身は、どうなっているのだろう?

第一話「想像力なき者の犯罪」

1.

あらゆる意味で散々な結果となった午前の捜査会議が引けるのと同時に、私はふと誰かにじっと見られているような気がして顔を上げた。

すると、講堂の最前で腕を組んだ皆川(みながわ)管理官が、こちらに視線をよこしているのに気づいた。私が小首をかしげながら自分自身を指すと、重々しい頷(うなず)きとともに管理官は席を立ち、そのまま廊下に出ていく。

警視庁江東署(こうとうしょ)の捜査本部は、ここ二ヶ月、文字通り戦場の前線基地と化していた。係長の号令の下、捜査員たちは泥のような疲労を押して、三々五々それぞれの捜査へと散っていく。目立たないようにそれを待ってから、私も最後方の席からそっと腰を上げた。

廊下に出て、皆川管理官の姿を捜す。人目をはばかったのは管理官の配慮だろう。本庁捜査一課の管理官が、私のような所轄の平刑事に表立って接触すれば、こちらは周囲からあらぬ誤解ややっかみを受けかねないからだ。

皆川管理官は廊下の端に設けられた喫煙コーナーのソファに座り込んでいた。背もたれに腕をかけ、天を仰ぐようにしてパーラメントのメンソールを吹かしている。私はそのそばに歩み寄り、声をかけた。

「お呼びですか、管理官」

おう、と管理官は低い声を出した。昨夜もほとんど眠れていないらしい。髪や肌にはツヤがなく、目の下にはくっきりと濃い隈ができている。連日、本庁の課長はもちろん、参事官や刑事部長からもプレッシャーをかけられているのだろう。ましてここ数日の事件の推移となれば、それもよりいっそうのはずだ。

「久しぶりだな。元気でやってるか、リカ子」

それでも管理官は、気安い調子でそう言いながら口の端を曲げてみせた。

氷膳莉花。それが私の名前だ。けれど管理官はずっと昔——それこそ私が子供の頃から、私のことをそんな愛称で呼んでいる。

「はい、おかげさまでなんとか。毎日ばたばたですけど」

私が表情を変えずにそう返事をすると、管理官はくっくと低く笑った。

「相変わらずだな、お前は。……刑事になってもうどれぐらいだ？　というか、お前今年でいくつになったんだ」

「二十六です。刑事課に移ってからは、丸一年ですね」

　思い返しながらそう答えると、は、と皆川管理官は鼻を鳴らし、

「あの小ちゃかったお嬢ちゃんがなあ。俺も歳を取るわけだ。ってことは、特捜の帳場(ちょうば)入りしたのも――」

「今回が初めてです」

　管理官は愉快げに肩を揺らした。

「……初っ端(しょっぱな)の特捜事案がよりにもよってこいつか。そいつはずいぶんと持ってるな、リカ子」

　その皮肉めいた物言いに、私は、

「……はあ」

　と返事をする。たしかに警察官には、大きな事件を踏むある種の運も必要だという。希望の課に専務入りするにしろ、昇任して役職に就くにしろ、大きな事件の捜査に携わっていれば周囲の顔の覚えが違うし、それはそのまま出世の早さにも繋(つな)がるからだ。ただしそれも、首尾よく解決できれば、の話である。

　今まさに巷(ちまた)を騒がせている連続猟奇殺人――これが刑事として初めて捜査に携わる殺人事件になったのは、私にとって今のところ、あまり幸運なことではなさそうだった。

二ヶ月ほど前――まだ世間に正月の余韻が残る一月六日に、事件は起こった。

現場は東京都江東区の東砂三丁目。午前六時、犬の散歩をしていた同所在住の六十八歳男性が、荒川下流の土手に、二十代から三十代とおぼしき女性の変死体が遺棄されているのを発見した。

女性はロープ状のもので頸部を圧迫されて殺害されており、死後すでに一週間近くが経過していた。衣服を身に着けておらず、さらに異常なことに、腹部が縦に大きく切り裂かれ、そこに詰まっているはずの胃や小腸、大腸、さらに肝臓、膵臓や腎臓、そして子宮などといった臓器が、丸ごと綺麗に欠損していた。

その無惨な遺体の様子に、初動に当たった捜査員たちは、誰もが顔をしかめたという。

同日、現場を管区に持つ江東署に特別捜査本部が設置された。容疑は殺人及び死体損壊・遺棄。警視庁本庁から捜査第一課長以下、理事官、管理官、殺人犯捜査第二係と四係、並びに鑑識課の担当、江東署からは署長、副署長、刑事課の捜査員が集まり、初動捜査班から引き継いだ情報を共有、本格的な捜査を開始した。

けれど捜査は、当初から早くも難航の兆しを見せた。

被害者の首筋には、スタンガンのものとおぼしき火傷の痕があった。どうやら気絶させられたあと、どこかに拉致されて手にかけられたらしい。さらに空洞になった被害者の腹腔からは、被害者のものではない黒い毛髪が一本見つかった。犯人のものである可能性は高かったものの、それだけでは被疑者特定の材料にはなり得なかった。

さらに被害者は衣服以外にも、バッグや財布、スマートフォンなど、身元に繋がるものを一切身に着けていなかった。指紋やDNA型も警視庁のデータベースに登録なし。歯に治療痕はあったけれど、仮に都内のみに絞ったとしても、すべての歯科医のカルテを参照することは物理的に不可能だ。現場からも犯人のものとおぼしき足跡や指紋、体液などは採取できず。現場周辺に防犯カメラは設置されておらず、遺体が遺棄されたらしい前夜までに周辺を走行していた車のドライブレコーダー映像に望みをかけたけれど、こちらも空振り。定時通行人を割り出し、遺体遺棄の目撃者を捜したものの、そちらも同様だった。捜索願が出されている行方不明人の中にも、今のところ該当する人物は見つかっていない。

必死の捜査も空しく、結局事件認知から一ヶ月が経っても、警察は犯人の手がかりはおろか、被害者の身元すら特定できずにいた。

そして、捜査本部にもさすがに焦りの色が見え出した、二月三日。

とうとう二件目の被害者が出た。

現場は一件目と同じ江東署管内。今度は永代一丁目にある隅田川下流の永代公園で、発見者は同所に住む下校中の小学生三人だった。遺体も同じく二十代から三十代とおぼしき女性。ロープによる絞殺の上、死後一週間近くが経過。遺体は全裸で、やはり首筋にスタンガンによる火傷があり、切り開かれた腹腔から同じく臓器が抜き取られていた。そして現場に犯人の手がかりはおろか、被害者の身元に繋がる情報は何も残されていなかった。

世間は警察への非難を強めた。各メディアも連日、『下町に潜む連続殺人犯』『警察は未だ手がかりつかめず』といった惹句でそれを煽った。模倣犯を防ぐため、被害者の内臓が取り出されていたことは伏せられていたけれど、もしそれが公開されていれば、世間の動揺はこの比ではなかったかもしれない。

けれど、それからさらに一ヶ月が経とうとする今も、未だ警察は手がかりらしい手がかりを発見できないでいる。

そして。

昨日、三月五日――ついに三件目の被害者が出たのだった。

被害者が増えるたびに捜査員も増やされ、現在の捜査本部はいよいよ百名を超える大所帯になっている。この二ヶ月、毎日その舵を取りながら、上からは捜査の進展をせっつかれ、世間からは無能と詰られる、そんな管理官の心中は察するに余りある。顔見知りをつかまえて、世間話で憂さ晴らしぐらいしたくなるだろう。私が呼ばれた理由はそれだと思っていた。

けれど、

「……ところでな、リカ子」

皆川管理官は億劫そうに身を起こすと、パーラメントを灰皿に押し付けながら言った。

「悪いがお前に、ちっとばかり頼まれてもらいたいことがある」

「頼み、ですか？」

「そうだ」

思わず瞬きしてしまった。

警察組織は縦社会だ。必要な指示なら命令してもらえればいい。まして管理官と私では、その立場に天と地ほどの差があるのだから。

私が皆川篤について知っていることは、実はそれほど多くない。

階級は警視。警視庁本庁捜査一課にて複数の係を統括する管理官であり、所轄署に帳場――捜査本部が立ったときには、本部で捜査の陣頭指揮を執る。本来、私なんかが気安く口をきける相手ではないのだ。私が管理官と面識を持っているのは、かつて私がある事件の関係者となったとき、その捜査を担当した刑事の一人が皆川管理官だったからだ（当時はまだ巡査部長だったらしい）。それ以降、管理官は折に触れ、私のことを気にかけてくれている。

けれど管理官は、本庁と所轄、両方の刑事の間で、あまり評判がいいとは言えない。

「いつもへらへらしている信用できない風見鶏」と揶揄され、今回の捜査本部でも半ばお飾りの立場に甘んじている。なので実質的な指揮は、それに次ぐ本庁捜査一課殺人犯捜査第四係の係長、入船警部が執っていた。

実際、皆川管理官には笑顔で上におもねり下にへつらう、いささか残念なところがある。年齢は五十歳。厳しい顔つきにあごひげ、オールバックの髪に大柄な体軀と、佇まいはどこか無頼漢めいている。その刑事らしい風貌だけなら現場からはむしろ人気が出そうなものだけれど、前述のような態度がせっかくのそれを台なしにしているのだった。

とはいえ、私たちのボスはあくまで皆川管理官だ。その管理官が、私に頼みというのは一体どういうことだろう。

小首をかしげる私に、管理官は二本目のパーラメントに火をつけると、煙を吐き出しながらこう言った。

「リカ子。実はお前に、ある男との交渉を任せたい」

「交渉?」

唐突かつ奇妙な仕事の内容に私が眉をひそめると、管理官はソファの反対側に置いていたA4ファイルを差し出した。私はファイルを受け取り、開く。まず最初に綴じられていたのは、ある人物の身上書だった。その氏名欄に目を落とした私は、たちまち言葉を失った。

――阿良谷静。


この名前を知らない人間は警察にはいないだろう。それぐらいの有名人だ。

ただし、いい意味ではなく悪い意味で、だけれど。


今から八年前――まだ私が警視庁採用試験を受ける前――都内で、ある猟奇殺人事件が起こった。

中央省庁の職員数名が多摩の山林で野鳥に食われて殺害される、という異常なそれを、警察はすぐに殺人容疑で捜査し始めた。けれど犯人に繋がる手がかりはいっこうにつかめず、長らくその動機すら不明なままになっていた。

ただその後、事件は意外な形で進展を見せた。

事件から三年後、警視庁公安部が、ある新興宗教団体にテロの企てありと見て、教団施設への強制捜査を行った。その結果、施設から大量の銃器や劇薬などを発見、押収。教祖ほか幹部十数名を逮捕し、テロは未遂に終わった。

けれど、事態はそれで終わりとはならなかった。施設から、なんと三年前の『多摩山林省庁職員殺害事件』の犯行計画書とおぼしき資料が発見されたのだ。

この物証をもとに捜査員が幹部の取り調べを行ったところ、例の事件が、「汚れた社会の浄化」という題目のもと、教祖の命によって教団の手で行われたものであることや、さらに別の驚くべき真実が明らかになった。

「……あの計画はすべて、ある男から授けられたものだ」

ある男――それこそが阿良谷静だった。

当時三十歳。なんと都内の私立大学で教鞭を執る准教授であり、将来を嘱望される若き犯罪心理学の研究者だった。

捜査員はすぐさま、阿良谷静に重要参考人として任意同行を求め、取り調べた。その結果、阿良谷静は自らの所業をすべて自供し、さらに恐るべき事実を白日のもとにさらした。

阿良谷静が関与した事件は、この一件だけではなかったのだ。

過去六年にわたって都内で認知された重大事件のうち、およそ七パーセントもが彼の関わった事件であり、そのいずれもが猟奇犯罪――異常な遺体や現場、動機などで構成されたものだったのである。

阿良谷静は逮捕され、たちまち時の人となった。

それから五年。

その犯罪が社会に与えた影響が甚大であること、さらに各事件の容疑者たちとの事実上の共謀共同正犯が認められたことから、阿良谷静には司法から死刑が言い渡されている。

あの当時、阿良谷静を形容した言葉は、それこそ山のようにあった。けれど私は、誰かが言ったこれこそが一番印象に残っている。

——怪物、と。

「——実は俺は、阿良谷とはちっとばかり面識があってな」

管理官の言葉に、私はファイルから顔を上げ、目をしばたたかせた。

「阿良谷静とですか？」

一体どんな関係で？　と目顔で訊くと、

「ま、長らく警察の水を飲んでると、いろいろあるってことだ」

そうはぐらかした管理官は、くわえたパーラメントを器用に上下させながら、倦んだように言った。

「……はっきり言って今回の事件、俺たちはここまで負けっぱなしだ。犯人の目撃証言はおろか、被害者の身元までわからんってのはかなりまずい」

たしかに、まだ刑事になって一年程度の私でも、今の捜査状況が思わしくないことだけは、本部に身を置いていれば嫌でも悟らざるを得ない。

「だがやつなら、現場の状況や殺しの手口から、一つや二つは考えを捻り出すはずだ」

私はちらりと手の中のファイルに目を落とし、訊いた。

「……あの、管理官。ひょっとして私に、今回の事件のプロファイリングをするよう阿良谷静と交渉してこい、とおっしゃるんですか？」

「そういうことだ。収監先は散々渋りやがったがな。……いや、俺だって正直こんな手は使いたくない。だがこの際、背に腹は代えられん」

すぐには言葉が出てこなかった。用件があまりに予想外すぎて、何と返事をするべきなのか判断がつかない。

「……ですけど、犯人のプロファイリングはすでにSSBCが行っていたはずじゃ？」

捜査支援分析センターの情報分析係はプロファイリングチームであり、遺体や現場の情報から犯人像を分析する部署だ。けれど今回の事件では、いずれからも犯人特定に直接繋がるような成果は得られなかった、という報告が上がっている。それにもかかわらず、今更またプロファイリングを依頼する意味があるのだろうか。

「こいつはあくまで俺の感触だがな」

すると管理官は目を細め、言った。

「おそらく阿良谷は、まだ自分の犯罪を残らず自供してない。つまり、膨大な未公開のサンプルデータを頭の中に隠し持ってる。やつが実地で採取した、貴重なデータがな。

それを利用したプロファイリングなら、他の連中には導き出せないことも導き出せるかもしれん。俺はそう踏んでる」

えっ、と私は思わず声を出した。

阿良谷静は取り調べや公判で、終始一貫してこう証言している。自分がいくつもの事件に関与したのは、犯罪心理学における研究データを集めるためだった、と。その常識外れの動機に、当時世間は驚愕し、ずいぶん騒がれもした。

もちろんこの証言がどこまで本当のところなのか、私にはわからない。それでも、もし管理官の感触が正しいのなら、たしかに一度、阿良谷静に事件の分析を任せてみる価値はあるのかもしれない。

けれど。

「…………」

天才的な犯罪者と渡り合い、その頭の中から事件についての情報を引き出してくる。それがどれだけ難しい仕事なのか、すぐには想像がつかなかった。そもそも管理官は、どうしてこんなイレギュラーな仕事を、捜査本部入りも初めての私に振るのだろう。本部にはベテランの捜査員が大勢いて、彼らのほうが適任であることは間違いないはずなのに。

そんな私の内心を察したらしい。管理官は煙を吐き、続けた。

「言わなくてもわかるだろうが、こんな捜査手法を会議で出してみたところで、白い目で見られるのがオチだ」

たしかに、と思う。刑事はあくまでも規程と要件に則って捜査をしなくてはならない。どうやって情報を集め、被疑者を特定するに至ったのかをクリアにしておかないと、そもそも証言や物証に証拠能力がなくなってしまうからだ。組織の論理には伊達ではなくきちんと意味がある。無視するのは、あらゆる意味で危険なことなのだ。

そして阿良谷静に事件の分析を依頼するということは、部外者である彼に捜査資料を提供するということだろう。それは明確に服務規程違反に当たる行為だ。会議の俎上に載せられるはずがない。

「だから、やるとなれば帳場の連中には黙ってやるしかない。だが、今の俺は帳場から迂闊に動けない。もしものときに連絡がつかないってのは、さすがにまずいからな。かといって他の捜査員に頼めば、すぐに入船の耳にも入るだろう。……となりゃ、今のところ使える駒はお前しかいないんだよ、リカ子」

今回のような特捜本部では、基本的に本庁と所轄の捜査員が二人一組になって動くことになる。割り振られた捜査をどうこなし、どんな成果が得られたか、その日の捜査会議で報告する義務もある。もし誰かに指示を言い含められたとしても、単独で動くことはかなり難しいだろう。……それに僭越ながら、そもそも今の本部の捜査員が、管理官の個人的な指示に従うのか、という問題もある。

その点、今の私の仕事は本部に居残っての電話番だ。現場と帳場を繋ぐ中継役で、別に閑職というわけではないけれど、替えがきかない仕事かというと決してそうでもない。

それに、と管理官は口の端を上げ、

「陣内から聞いたぞ。お前、一件目の事件認知後、すぐに現場に臨場したらしいな」

思わぬところからの話に、え、と私は目をしばたたかせた。

たしかに一月六日の早朝、署からの緊急コールで事件を知った私は、自宅アパートから近かったこともあって出勤前に現場へ寄った。なので、あの場でのことは今でもまざまざと思い出すことができる。

あの日は、とても一月とは思えないぐらいの陽気だった。

満々と水を湛えた河川沿いを走る道路には、すでに黄色い現場保存テープが張られていた。ちょうど土手の一角が青いビニールシートで目隠しされたところで、その中はすでに、一嗅ぎしただけで胸が悪くなるようなむっとした臭いに満ちていた。

臭いの出所である女性の遺体は枯れ草の中に仰向けで転がされており、その全身は紫斑が浮き上がるどころか、すっかり黒く変色していた。落ち窪んだ眼窩に収まった眼球は乾き切ってへこみ、萎んだ乳房の下からは胸骨が覗いていた。さらにその下の腹は縦に裂かれ、赤黒いがらんどうの腹腔が大きな口を開けていた。

ただ何より目を背けたくなったのは、その女性の腹の中で蠢く大量の黒い虫が、身体の外にまで行列を作っていたことだった。

蟻だ。

気温が高いせいか、腐りかけたやわらかい肉に蟻が群がり、少しずつ土手の巣へと持ち帰っていたのだ。

……あの酸鼻をきわめた光景は、一生忘れられないかもしれない。

私が現場での記憶を反芻していると、管理官は愉快げに言った。

「鑑識の借り物の腕章で現場に紛れ込んで、遺体をじっと見てたんだってな。さて線の細い小娘が何秒持つか、と陣内の野郎が眺めてりゃ、いつまでも澄まし顔のままぴくりとも表情を動かさねえ。おまけに、そばにいた自分に死因と死亡推定時刻を質問してきやがった。つくづく可愛げがねえ――とさ」

私は思わずうなだれ、顔を押さえた。……そう、一件目の現場に臨場していた現場検視第一係の陣内班長は警視――皆川管理官と同じ階級だったのだ。あの場でそれを知っていれば、もちろん軽々に質問したりはしなかったのだけれど。

「すみません。知らぬこととはいえ、とんだ失礼を……」

恐縮する私に、

「違う。褒めてるんだ、馬鹿」

管理官は言った。

「変死体を前にすりゃ、経験のないやつは必ず吐く。それなのに、とびきりエグいのを目の当たりにしても、雪女みたくしれっとしていやがった。鑑識作業中は立ち入り禁止ってことも知らねえぺーぺーのくせに、大したタマだ、だそうだ」

「……はあ」

「それについちゃ俺も同じ意見だ、リカ子。お前は肝が据わってるし、頭の回転も速い。ついでに、他人に乗せられない独特のマイペースさも持ってる。阿良谷と渡り合うには適任だ」

最後はともかく、前二者については過分な評価な気がして、私は視線を斜めに逃がした。たしかにいつでも冷静に、判断を間違わないよう努めてはいるけれど、自分が他人よりできると思ったことはない。それに、凄惨なものを前にしてもほとんど感情の揺れが起こらなかったり表情が変わらなかったりするのにも、あまり前向きでない理由がある。

……それはきっと、自分でも憶えていないほど幼い頃、もっとずっと凄惨なものを目の当たりにしたせいだ。あのとき私は、私のものでない血を全身に浴びながら、一生分の感情を残らず吐き出して、その場に置き忘れてきたのだと思う。なので、自分のそういう性質に、あまり胸を張れる気持ちにはなれなかった。

もちろん、尊敬する皆川管理官から評価してもらえるのは嬉しい。私がこうして警察官になったのは、やはり管理官の影響が少なくない。だから期待には応えたいし、これまでお世話になってきた恩に報いたいとも思う。

ただ犯罪者――それも死刑囚からの非公式の助言となると、そもそも証拠として採用すること自体が難しいだろう。単独で接見して捜査情報を流すことについても、もし本部にバレれば、最悪懲戒免職も覚悟しなくてはならない。私が不祥事を起こせば、江東署刑事課の上司や同僚にも迷惑をかけることになってしまう……。

やるともやらないとも口にできずにいる私に、管理官は頭を搔きながら世間話のように言った。

「ま、最初に言った通り、こいつはあくまでも俺の個人的な頼みだ。だからお前は拒否もできるし、そうしたところで今後に影響は一切ない。そいつは保証しよう。そもそもこんな馬鹿やらなくても、そのうち犯人は検挙できるかもしれんしな。新しい物証が上がるかもしれんし、犯人が何かしらミスをするかもしれん」

ただなあ、と管理官の声が一段低いものになる。

「……そいつは、一体いつのことだ？　今の態勢で、あと何人被害者を出せば、俺たちは犯人検挙に漕ぎつけられる？」

「それは……」

現場の捜査員からは風見鶏などと揶揄されているけれど、それが管理官のほんの上辺の部分でしかないことを、私は過去の経験から知っている。

抑揚こそ控えめなものの、今も管理官の声には犯人に対する強烈な怒りが滲んでいた。犯人を捕まえるためなら多少の逸脱行為も辞さない──そんな触れれば火傷しそうなほどの覚悟が熱となって伝わってくる。……そしてそれが、警察官になってからこれまでずっと私が密かに抱えている、ひどく個人的なある引け目を疼かせた。

現状の捜査の進展具合では、この先、新たな被害者が出る可能性はおおいにある。そして今日の前には、私にしか取ることのできない捜査手段が用意されている。

もし私がその手段を用いれば、これ以上の被害者を出さずに済むのだろうか。

その選択は、私の引け目にとって言い訳のように甘く感じられた。それに……私も管理官のように、犯罪や犯人を憎む警察官でありたい──その気持ちだけは本当だ。それを自分自身に証明できる機会があるのなら、決して躊躇いたくない。

「蛇の道は蛇、ですね」

あくまで管理官個人の頼みということであれば、了解や拝命しますと答えるのもそぐわない気がしたので、そう答えた。

「は。そいつを言うなら、毒をもって毒を制す、だろ」

するとそんな私の意を察したのか、管理官も冗談を飛ばした。すぐに真顔になると、パーラメントを灰皿に押し付けて言う。

「……危ない橋を渡らせてすまんが、頼むぞ」

私は心持ち背筋を伸ばし、頷いた。

2.

やると決めた以上早いほうがいい。私は交通課時代の同僚に本部の電話番応援を頼むと、羽織ったトレンチコートのベルトを締め、ぺたんこの革靴で署を出た。地下鉄東西線の木場駅から上り電車に乗る。近頃は署外に出るときは基本二人一組だったので、一人で出歩くのは新鮮な気分だった。

管理官から渡されたファイルによれば、私の向かう先は早稲田らしい。死刑囚である阿良谷静はてっきり小菅の東京拘置所に収監されていると思っていたのでおおいに疑問だったけれど、それはひとまず後回しにしておく。車輌内の座席に座り、到着までの二十分の間に、自前のスマートフォンで阿良谷静のことを調べた。

かつては時の人だった阿良谷静も、今ではすっかり世間から忘れ去られていた。それでも一部の間では、その手記やボイスレコード、鼻歌から寝言までが、値千金でやりとりされているらしい(……本物なのだろうか?)。それだけならまだマニアの酔狂と言

える かもしれないけれど、彼が発表してきた論文は、今なお大学や専門機関の研究者の間で引用され、大きな影響力を持っているのだとか。

早稲田駅に到着した。私は早稲田通りの交差点から地上に出て、夏目坂通りを下った。途中で右に折れると、都心の閑静な趣の街並みに、緑と黒柵に囲われた敷地が現れる。黒地に金色の文字で『東京警察医療センター』と書かれた銘板が出ており、清潔感のある白い建物が何棟も建っていた。

どうやら見た通りの総合病院らしい。阿良谷静はどこか患ってでもいるのだろうか？

小首をかしげつつ門の守衛所で訊くと、総務棟への行き方を案内された。そちらの受付で取り次いでもらう。すると、ややあって担当と名乗る医師が現れた。

「……青柳です」

どうも、と会釈をしたのは、名前の通り青白い顔をした柳のように頼りなさげな青年だった。私と同じ二十代に見える。地味な眼鏡をかけ、ゆとりのあるズボンにスニーカーをはいていた。その上から白衣を着て、首からはセンターの職員証を下げている。

「警視庁江東署の氷膳です」

よろしくお願いします、と私が会釈を返すと、青柳医師はぼそぼそと応じた。

「……阿良谷博士との接見の前に、うちの部長からご説明がありますので」

こちらへ、と案内された先は、別の棟にある精神科部長の執務室だった。

部長は宇多川という皆川管理官と同い歳ぐらいの男性で、シャツとスラックスの上から白衣を着たその居住まいは、まるで絵本から抜け出してきた本物のハンプティダンプティだった。それだけならむしろ親しみやすそうだけれど、生憎と眉間には敵愾心剝き出しの皺が何本も刻まれている。

宇多川部長は私が自己紹介すると、こちらの上から下までを値踏みするように睨めつけ、

「あの男に一体何の用だ」

と言った。

その横柄な態度にはいささか閉口したけれど、形式的な手続きを省いてくれるのはありがたい。私も単刀直入に行かせてもらうことにした。

「現在捜査中の事件について、阿良谷静に意見を求めるためです」

宇多川部長は鼻から盛大に息を吐き、

「死刑囚に捜査協力を請うとは、日本の警察も落ちたものだな」

そればかりは反論できなかったので、代わりに私は気になっていたことを訊いた。

「あの、そもそもどうして阿良谷静は拘置所ではなく、こちらの医療センターに収監されているんですか？」

「……そんなことも知らずに来たのか？」

呆れられてしまった。それでも接見前にできる限り事情を頭に入れておきたかったので、私は、すみません、と謝り、なるべくしおらしく見えるように答えを待った。

幸い宇多川部長は、溜まった鬱憤を吐き出すかのようにふんぞり返り、説明してくれた。

「……阿良谷は、正確には未決死刑囚だ。現在高裁へ控訴中で、つまり刑は確定していない。だから生活にはかなりの自由が認められている」

そういえば聞いたことがある。死刑囚は文字通り死刑をもって刑に服したとされるので、それ以前の拘束は刑であってはならない、とされているらしい。よって皮肉なことに、収監中の死刑囚は服装も髪型も差し入れも購買も基本的に自由だ。プログラムを選別されるけれどテレビや映画だって視聴できるし、運動や日光浴の時間もある。さらに栄養バランスに配慮された一日二二〇〇キロカロリーの食事が三食出る。毎日献立が違い、味もなかなか美味しいらしい。そんな規則正しい健康的な生活のおかげで、生活習慣病が改善する死刑囚もいるのだとか。

「自由なのは接見においても同じだ。拘置所に収監中、連日大勢のメディアが阿良谷との接見を求めて行列を作った。やつはそれを拒まず、警察や検察とのやりとりをあれやこれやとしゃべりまくった。警察検察としては大問題だ。だが接見禁止処分にでもしようものなら、今度はやつの弁護士が騒ぐ。そこで、その尻拭いがこちらに回ってきたというわけだ」

宇多川部長は、まるで私がその決定を下した張本人であるかのように——警察官である以上、小指の先ぐらいの責任はあるのかもしれないけれど——忌々しげににらんできた。

「ここなら接見禁止処分も、医療目的を理由に医師の裁量でどうとでもなるからな。おかげで部長に就任以降、私はずっと死刑囚のお守りだ。まったく……晴れがましい栄転のはずが、なぜ七面倒なお荷物の厄介払いに付き合わされなくてはならんのだ⁉」

あまり触れないほうがいい話題のようだったので、私は、なるほど、と頷き、すぐに言った。

「それじゃ阿良谷静はいたって健康で、このセンターに収監されているのも、あくまで政治的な理由なんですね」

「ふん」

私の動じない態度が気に入らなかったのか、宇多川部長は口の端をひくつかせ、吐き捨てた。

「あの○○○の×××を、健康と呼べるのならな！」

医師が口にするには多分に問題のあるその発言は、聞き流しておくことにした。

阿良谷静とのやりとりはすべて録音録画し、研究サンプルとして利用する可能性がある——以上の内容がしたためられた同意書にサインすると、私は早々に宇多川部長の執務室を追い出された。肝心の阿良谷静の元までは、青柳医師が案内してくれるそうだ。

その途中、彼は気になることを言った。

「阿良谷博士の〝研究室〟はこちらです」

「研究室？」

私が小首をかしげると、青柳医師は、しまった、という顔になった。すぐに目を逸らし、ぼそぼそと取り繕う。

「……担当医師の間ではそう呼んでいるんです。阿良谷博士は、教誨も受けず契約作業もせずに、ひたすら自分の房で研究ばかりしているので」

「そうなんですか？」

青柳医師は、心底疲れた口調で言う。

「口述筆記で論文を執筆して、弁護士に発表させて、研究者の査読まで受けてる。やりたい放題ですよ……」

改めて、どんな死刑囚なのだろうそれは。

阿良谷静の〝研究室〟は地下にあるらしい。私たちはエレベーターに乗り、そこへ向かった。

地下一階の廊下もやはり白を基調にしていて清潔感があり、ＬＥＤの明るい光に満たされていた。気温も湿度も空調で一定に保たれているせいで、まるで季節感がない。

青柳医師についていくと、見るからに頑丈で分厚そうな扉に突き当たった。青柳医師は扉のリーダーに職員証をかざし、そのロックを解除する。

「……阿良谷博士の房には強化ガラスが張られています。接見は直接そこで行ってください。ガラスは拳銃でも破れませんが、一応そちらへは近づきすぎないように。物のやりとりは一切できません」

頷く私に、それから、と青柳医師は続けた。

「接見時間は十五分です。これは厳守してください」

「十五分？」

拘置所での収監者との接見時間は、基本的に三十分以上は取れるはずだけれど。

青柳医師はなぜか引きつったような笑みを浮かべて、言った。

すると。

「……それ以上は、あなたが危険なんです」

扉の先は、職員の詰め所になっていた。壁にはキーボックスが設置されている。監視カメラの映像を確認するためのモニタールームも兼ねており、もう一人、別の医師が詰めていた。日中は二人、午後七時以降の夜間当直時には一人の態勢だという。

詰め所の奥にはもう一枚、担当医師の指紋認証で開閉するドアがあった。それをくぐると、大袈裟なぐらい重々しい音とともに扉が閉まり、電子ロックが下ろされる。

てっきり青柳医師も同伴するものだと思っていたけれど、彼は詰め所に残るらしい。その理由は、扉が閉まる寸前、彼が眼鏡越しに見せた目の色から察せられた。

彼は、阿良谷静を恐れているのだ。

廊下はまっすぐ延びており、左手に大きなガラスが嵌め殺された房がいくつも並んでいた。本来は特定の精神疾患を抱えた患者を隔離する施設なのだろう。けれど、今はまるで人の気配が感じられない。ここにはきっと阿良谷静以外の人間はいないのだ。そう直感した。

一歩一歩、奥へと進むたび、靴の踵が立てる足音が高く反響する。

鞄を持つ手に珍しく汗をかいている――そう自覚したときだった。

「……誰だか知らないが帰ってくれ。今日はあまり気分がよくない」

突然行く手から聞こえてきた不機嫌そうな声に、私は思わず足を止めた。

そして……なぜだろう。目の前の空気が、突然粘度を増したかのように感じた。まるで今の言葉そのものが何かしらの力を帯びていて、私の進入を阻んでいるかのように。

あとから思えば、それはきっと本能が警鐘を鳴らしていたのだと思う。——この先へ進むのはまずい、と。

何事にもあまり動じず、顔にも出にくい性質の私だけれど、このときばかりはうっすら背中に汗を掻き、普段聞こえないはずの鼓動がすぐ耳元で鳴っていた。

けれど。

目を閉じ、息を吐く。

どんな状況でもほんの少し時間をおけば、すぐに平静さを取り戻すことができるのは、私の数少ない特技の一つだ。あまり胸を張れない性質ゆえのものだけれど、今はありがたいと思うことにしておく。

私も私なりの覚悟を持ってここまで来たのだ。今更引き返すわけにはいかない。

三秒ほどで動悸が治まったのを自覚してから、再びゆっくり歩を進めた。

そして、数えて六つ目の房だった。

そこに怪物——阿良谷静がいた。

3.

六畳ほどの広さのスペースだった。

床や壁は廊下と同じ白で、右手にシーツのかかったベッドが設えられている。左手にはアイアン製とおぼしき簡素な書き物机とスツールが一つずつ。奥には、小さな便器と手洗い。正面からだと、ベッドの向こうと手洗いが死角になっているけれど、天井のドーム型カメラからはしっかり見えているのだろう。

そんなミニマリストの部屋のようにものが少ない独房で、彼はベッドに寝転がっていた。こちらに背を向け、片手で開いたハードカバーの本を読んでいる。服装は、上にゆったりとした黒のタートルネックを着て、下は細身のパンツ、足にはベリーショートのソックスをはいていた。私の来訪には気づいているはずなのに、まったく気を払う様子もない。普通、ほんの少しはこちらをうかがうぐらいしそうなものだけれど。

「あの、初めまして。突然すみません。警視庁江東署の氷膳といいます」

「……帰ってくれと言ったはずだが？」

私が声をかけると、本のページと顔の隙間から声が返ってきた。私からは彼の乱れた髪と耳の半分しか見えないので、どんな表情を浮かべているのかはわからない。ただ、あまり機嫌がよさそうではなかった。まあ来るなと言われたのにノコノコやってきたのだから、それも当然かもしれないけれど。

……初対面の人間は、氷膳、という珍しい名字に結構食いついてくれるので、そこから会話を広げていこうと思っていたのだけれど、いきなり当てが外れてしまった。

「すみません。けれど一分だけ、私に時間をくれませんか」

私はすぐにそう言った。

時間を区切ったのがよかったのか、重ねて帰れとは言われなかった。あるいは無視されただけかもしれないけれど、前者だということにして話を進める。

「今、都内で発生している三件の連続殺人事件のことは、ご存じですか」

獄中でも新聞は読めるし、きっと知っているはず。ましてここでの彼の自由度はもっと高いのだから——と事前に考えていたけれど、正直今は自信がなくなっていた。私への態度からして、彼は間違いなく自分が興味のあること以外には一切関知しないタイプだ。

ともあれ、今更後戻りはできない。私は続けた。

「その事件の犯人に関する、あなたのお考えを伺いたいんです。もしそれが事件の解決に寄与した場合、こちらにはあなたの要望を聞いて、可能な限りそれに応える用意があります。例えば、週三回の屋外日光浴や運動の時間を増やしたり、食事について希望に沿うメニューを提案したり。もちろん他に何かあれば、遠慮なくおっしゃってください」

これらは管理官から渡されたファイルに書かれていたものだ。私はひとまずその手札を切って、様子を見ることにした。

と、

「そろそろ一分だ」

けんもほろろな返答があった。

ちなみに房内のどこにも時計は見当たらない。けれど手首の内に巻いた腕時計に目を落とすと、その指摘は正確だった。つまり、残り時間はあと十四分しかない。

「えっと、それじゃもう一分だけ」

私は図々しく要求して粘る。彼からの険しい気配が露骨に増した気がしたけれど、気にしない振りをする。

「……あの、ちなみにその本は何を読んでいらっしゃるんですか？　阿良谷博士」

とはいえ口から出てきたのは、そんな苦し紛れの質問だった。

すると、

「……耳障りな外野も、僕のことをそう呼ぶが」

寝起きの獣のような不機嫌そうな声とともに、彼は億劫げに身を起こした。こちらに背中を見せたまま言う。

「一審の公判中に、博士号は取り消されているはずだ」

正直返事があるとは思っていなかったので、一瞬反応が遅れてしまったけれど、なんとかすぐに答えを返せた。

「いえ、その後大学に、個人の人格と学術的業績は無関係だというバッシングが相次いだせいで、大学は博士号撤回を撤回しています」

あらかじめスマートフォンで調べておいた成果だった。

はたして私の回答が気に入ったのか、それともどうでもよかったのか、彼はこちらを向いた。

たしか三十五歳のはずだけれど、それよりもずっと若く見えた。いや、若いというより、どこかあどけなさすら残っている。顔立ちは整っているものの、その目は、この世界のすべてが敵だとでも言わんばかりの険しさを湛えており、口元からは今にも皮肉と悪態が並んで出てきそうだった。髪はやはりラフに乱れている。いくら身形(みなり)が自由とはいえ、まさかパーマまではかけられないだろうから、天然なのだろう。体型はかなりの細身だったけれど、本を持ったその手は男性らしく骨ばっていた。

彼は、私に興味なさげな半眼を向けると、

「君をここによこしたのは皆川か」

と訊いてきた。

「あ、はい。そういえば、お知り合いだそうですけど」

一体どんな？　と目で訊き返す私に、彼はやはり興味なさげに言った。

「僕がここに入るきっかけを作った男だ」

え？　と目を見開く私に構わず、

「あの臆病者め。自分の代わりに、君を羊に選んだらしいな」

彼はそう呟いた。

皆川管理官が彼を収監した。身代わり。羊。思わぬ言葉の連続に驚きつつも、私はとにかく沈黙の間を作らないよう次の言葉を継いだ。

「その本は、博士の研究のためのものですか？」

阿良谷博士は首を押さえ、ほぐすようにぐるりと回すと、

「まあそうだ」

本を閉じてベッドに置いた。ちなみに、本の文面は英語だった。

「それじゃ大勢の人間に犯罪計画を授けたのも、その一環ですか」

挑発する意図はなかった。ただ純粋に訊いてみたかったのだ。

阿良谷博士は鬱陶しそうな顔つきになると、

「……別に犯罪計画なんか授けてない。ただ特定の人間に、どうすれば希望に沿いつつ

警察の捜査を掻い潜れるか、二、三、助言をしただけだ」

私をにらんで続けた。

「……今起きている事件のことも知ってる。警察は過去の事件から何も学ばず、貴重なデータを持ち腐れさせてる無能の集まりだ。だからあんな露骨な手がかりにも気づけないでいる。そんな連中と話したところで、得るものなんて塵ほどもありはしない」

その早口に、思わず、えっ、と声を上げる。

「あの、待ってください。今のはどういう意味ですか？」

「そのままの意味だ。僕がわざわざ手を貸す義理も理由もない。……さあ、さっさと帰ってくれ。これは最後の忠告だ」

私の思考は目まぐるしく渦を巻いた。彼は今たしかに、手がかり、と言った。今回の事件について、彼は警察が把握していない何かに気づいているのだろうか？　それとも、ただのはったり？　いや、ほとんど直感だけれど、この人は絶対にそういうことを口にするタイプではない気がする。

「教えてください、阿良谷博士。この事件の犯人は一体――」

私はガラスから一メートル以上取っていたはずの距離を詰めていた。青柳医師からの注意を忘れて。

すると、

「……君は」

阿良谷博士が目を細め、言った。

「ロイコクロリディウムという寄生虫を知ってるか？」

底冷えがしそうなその声音に、私は口をつぐんだ。ややあって、

「いえ……ロイコ？」

「ロイコクロリディウム。カタツムリの消化器の中で孵化したあと、宿主の触覚へと移動する寄生虫だ。国内では北海道と沖縄で生息が確認されている。以前、取り調べのとき、僕に暴力を振るった刑事がいた。僕はそいつに、この緑色の寄生虫が自分の目にも寄生しているという妄想を植え付けてやった。別に僕は催眠術師やメンタリストじゃないが、その程度の心理的刷り込みは朝飯前だ」

自分の眼球の内側で緑色の寄生虫が蠕動している——その光景を想像し、私は一瞬うすら寒い心地になった。

するとそんな私を見つめながら、阿良谷博士はベッドから立ち上がった。床にそろえてあったスリッパに足を通すと、両手の親指をパンツの左右のポケットに引っかけ、狭い房内を悠然とこちらへ歩いてくる。

「その刑事はしばらくしてから、自分で自分の目を抉り出したそうだ」

博士は細身ではあるけれど、女の私よりは背が高い。すぐそばまでやってくると、私

の上にふっと影が落ちた。もちろん彼と私は、絶対に破れないはずの強化ガラスで隔てられている。それでも私は、思わず息を呑むのを止められなかった。

そんな私を見下ろしたまま、彼はひどく酷薄に言った。

「どうして今ここで君を同じ目に遭わせないか、その理由がわかるか？　それは、ただただ面倒だからだ。だが、このあともそうだとは限らない」

私が言葉を失っていると、彼は急に私から興味を失くしたかのように、ふいと回れ右をした。そして、

「もう五分は経った。今度こそ帰ってくれ。……まったく、しゃべりすぎて喉が痛くなった」

喉をさすりながらベッドに戻ると、再びこちらに背を向けて寝転び、読みさしの本を開いた。

動悸を覚えながら、私はそろりと腕時計に目を落とした。たしかに彼の言う通り、すでに五分が過ぎている。

「…………」

青柳医師が、彼を恐れる気持ちがよくわかった。彼はその気になれば、手も足も使わずに、他人を傷つけたり、さらには命を脅かすことすらできるのだ。

私は焦燥に駆られた。すぐ目の前に事件を解決するための手がかりがあるかもしれな

い以上、このままおめおめとは帰れない。けれど、残された時間はもう十分もない。いや、捜査資料を読み込んでもらって分析を聞く、その時間を考慮すれば、間違いなくここが最後のチャンスになる。ただ、私にはもう手札が残されていない。何かないだろうか。彼の興味を引ける何かが……。

そのときだった。ふと頭の奥で思考の火花が散った。そして、あ、と思ったときには、すでに口から言葉がこぼれ出ていた。

「——阿良谷博士」

迂闊なことを言うのは危険だ、と咄嗟に思う。けれど、今は迷っている時間すら惜しい。

「たしかに、博士に警察に協力する義理はないかもしれません。けれど、協力する理由はちゃんとあります」

阿良谷博士はベッドに寝転がったまま振り返り、訊いてくる。

「……一体どんな？」

つまらないことを口にすれば言葉で殺す。彼の剣呑に細められた目が、何より雄弁にそう語っていた。

それでも、私は言った。

「情報です」

鞄から別のファイルを取り出す。それは話がまとまったら使えと言われて管理官から渡されていた、今回の事件の捜査資料だった。

「あなたがいくらここで自由にやっているといっても、一つだけ決して手に入れられないものがあるはず。それが情報——特に最新の、より専門的なデータです」

私はファイルを胸の前で持つ。

「これは大勢の捜査員たちが地べたを這いずり回って得た、世間に出回っていない捜査資料です。あなたが頭の中にどれだけ過去のサンプルを持っていても、今まさに現在進行中の事件の、現場の臭いが染み付いた情報は何にも代えがたいほど貴重なはずです。違いますか？」

彼は横になったまま、じっと私を見つめた。私は最後の切り札であるファイルを手にしたまま、目を逸らさずそれを受け止める。

犯罪心理学における研究データを実地で集めるため——それが、いくつもの事件に関与した理由であると阿良谷博士は証言している。それがどこまで本当なのか、やはり私にはわからない。けれど彼に分析を任せてみる根拠はまさにそれであり、もしそうであれば私の手の中の情報もまた、彼にとっては何より得がたいもののはずだ。

しばらくして、

「……いいだろう」

私は賭けに勝った。内心で安堵の息をついていると、博士は身を起こし、こう続けた。

「ただし、条件が三つある」

「三つ？」

ちょっと多いなと思ったけれど、まさか否やを唱えられるはずもなく、何でしょう、と先を促す。

「まず一つ目は、分析が事件の捜査に役立った場合、僕に望みのものを一つよこすこと」

いきなり難しい条件を出された。こんなことを私が請け合ってしまっていいのだろうか。……いや、皆川管理官は、私に任せる、と言ったのだ。躊躇していては何も始まらない。

「わかりました。ただし、先に要望の品が何か言ってもらえるのなら」

嫌だ、とは言われなかったので了解と受け取っておく。

「二つ目は、僕に事件の経過と顛末を余さず報告すること」

これについては問題ないだろう。私は頷き、

「わかりました。三つ目は？」

「君だ」

「え？」

阿良谷博士はベッドの上で立てた片膝に頰杖をつき、おもしろくもなさそうに言った。

「皆川がよこしたということは、君には僕の興味を引く何かがあるということだろう。だから、君の過去を話せ。その都度、僕の質問に答えるだけでいい」

「…………」

そこで、私は人知れず納得した。皆川管理官が私を送り込んだ、その真の意図が察せられたからだ。あらかじめそれを言い含めなかったのは、私に対して後ろめたかったからだろうか。

ただ、私はこれまであの事件のことを、警察の人間以外に話したことがない。殊更隠しているつもりはないけれど、自分の一番深い部分に関わることなので、口にするのは——それも初対面の人間に向かって——どうしても躊躇してしまう。

けれど。

「どうした？　別に嫌ならいい。僕は構わない」

私は決断した。

「わかりました。その三つで大丈夫です」

阿良谷博士は頰杖からあごを上げた。

「それじゃ、まずは捜査資料を見せてもらおう」

「……はい」

一般の人間は決して知ることのできない、見るべき者にとっては黄金にも勝る貴重な情報――それが詰まったファイルを、私は開いた。

4.

房の強化ガラスには、向かって左手に出入りのためのドアがあった。ただし、それにはもちろん施錠がされている（詰め所にあったキーボックスの中の鍵で開閉するのだろう）。あとは声を伝えるための、小指の先より小さな孔がいくつか開いているだけで、やはりあらかじめ注意されていた通り、物を渡すことも受け取ることも一切できそうになかった。

だから私は開いたファイルを両手で開き、胸の前で広げた。

一方ガラスの前までやってきた阿良谷博士は、かすかに上半身を折ると、開かれたページを無造作に見つめた。Ａ４横書きの資料の左上から右下にかけて視線をすべらせ、

「――次」

と言う。

信じられないぐらいの速読だった。本当にきちんと読み込めているのか心配になるけれど、今はとにかく指示に従って次々にページをめくっていく。

その奇妙な共同作業の間、私はじっと集中する博士の顔を見つめていた。すぐそばだと髪は色素が薄く、やや灰色がかっている。まつ毛は長く、肌はきめ細かく、まるで女性のようだ。

「……なるほど」

ほんの二分ほどで連続猟奇殺人にまつわる計八〇ページ以上の資料を読み終えた阿良谷博士は、すっと身を起こし、あっさりと言った。

「『バーウィック事件』に似てるな」

「バーウィック？」

「コロラド州バーウィックで発生した猟奇殺人事件だ。いや、正しくは猟奇殺人未遂か。一九八二年十一月二十日、地元に住むエドワード・ナイルズという四十五歳の高校教師が、教え子である十六歳の少女たちを自宅に誘拐し、殺害しようとした。が、少女たちは隙を見て逃走。すぐに警察に通報し、ナイルズは逮捕された。その後の取り調べでナイルズはこう証言している。誘拐した目的は、少女たちの腹の中の臓器をすべて綺麗に取り出したかったからだ、と」

「え」

私は目を見開いた。過去のショッキングな事件の内容はもちろんだけれど、何より、それを事もなげに暗誦してみせた博士に衝撃を受けたからだ。

「あの……ひょっとして、それらしい事件をすべて記憶しているんですか？」

実は不思議に思っていた。いくら差し入れで好きな資料が読めて、口述筆記で論文の執筆までできるといっても、過去のサンプルやデータにアクセスしようとすれば、どうしたって時間や手間はかかる。それは不自由ではないのだろうか、と。けれど、もし自分の頭脳を記録メディアのように扱えるのなら、たしかに何の問題もないことになる。

阿良谷博士は無感動に言った。

「この程度、いちいち驚くことじゃない。記憶の宮殿。座の方法。聞いたことぐらいあるだろう」

「いえ、生憎」

こちらを見る彼の半眼が冷たさを増した気がする。あえて気にしないようにして、私は訊いた。

「けれど、警察でも犯人のプロファイリングは行っています。過去にそんな事件があったのなら、すでに取り上げられていたはずじゃ？」

「地味な事件だからだろう。コロラドで『ジョンベネ』ならまだしも、この程度の犯人の証言から、それも未遂事件をキーワードで掘り起こすのは難しい」

言われてみればたしかにそうかもしれない。

私が続けざまに質問しようとすると、阿良谷博士は手でそれを遮った。

「――ここからはフェアに一問一答ずつだ」

ものが少なく几帳面に整えられた部屋といい、どうやら彼はあらゆることに徹底的にこだわる性格らしい（外面のわりに中身はいい加減、などと友人に言われてしまう私とは正反対だ）。けれど、そういうことであれば質問は的確にしなければ。でないと肝心なことを訊けないまま、ひたすら私の個人情報だけを引き出されかねない。

「とりあえず、続けて君からでいい」

そう言って阿良谷博士はベッドに戻った。さっきと同じく片膝を立てて座り込む。すでに私のほうが質問していたので彼から質問が来るかと思いきや、機会を譲られた。こちらの手並みを見ようということだろうか。

腕時計に目を落とす。残り時間はもう五分もない。私は急いで考えをまとめ、質問を繰り出した。

「それじゃ、まず捜査資料を読んだ上で、警察の分析に対する博士の意見を聞かせてください」

SSBC情報分析係によると、今回の事件の犯人は、犯行に計画性を持たせる秩序型。性別は男性。年齢は三十代から五十代。遺体や現場に被害者の身元、犯人自身に繋がる情報をまったく残していないことから知能が高い。また被害者の腹を開いて臓器を取り出すという行為には、被害者に対する強い恨み、そして犯行を世間に広く知らしめたいという自己顕示欲の発露が見られ、性格はやや独善的だが社交的。それらを総合し、犯人は高学歴かつ高所得で、社会的ステータスの高い職業——例えば医師や一流企業マンなど——に就きながらも、被害者たちに逆恨み的な不満を持ち、徹底的なやり方で殺人に及んだと考えられる、という分析結果を報告している。

被害者の身元が割れている状況なら、その結果から関係者をフィルタリングすることもできたけれど、現状それも叶わないため、捜査本部内においてこれらの報告はひとまず参考程度にとどめられていた。

けれど。

怪物とまで呼ばれた若き犯罪心理学者は、その分析にひどく気分を害した様子で、こう断言した。

「秩序型、男、高い知能——合っているのはそれだけで、あとはすべて的外れだ」

「え？」

思わず目を見開く私に構わず、続ける。

「この犯人は、ちょっと自己顕示欲が肥大化した類の普通の犯罪者じゃない。人を殺すことそれ自体を目的にした、典型的な快楽殺人者だ。ただ恐ろしく我慢強く、抑制がきくパーソナリティを持ってる。年齢は警察の分析よりもう少し若く、二十代から四十代。非社交的で寡黙。被害者とも深い交流はないが、対象を徹底的に調べた上で殺しをしてる。学歴や社会的ステータスにもこだわりはない。むしろ目立たない仕事をしてる。ああ、だが手に職をつけている可能性は高いな。それと、被害者から切り取った臓器は、今もどこかに保管しているだろう」

「あの、待ってください」

私は博士の流れるような弁を慌てて遮り、訊いた。

「その分析の根拠は何ですか？」

「犯行の手際が、一件目からすでに洗練されているからだ」

博士は間髪を入れずに言う。

……どうやらはったりではないらしい。私は全身を耳にした。メモを取りたかったけれど今は時間がない。博士の一言一句を余さず記憶に刻み付ける。

「いや、むしろ洗練されすぎてると言っていい。この犯人は間違いなく、すでに何件も殺しを経験してる。でないと、ここまで綺麗に内臓を欠損させることはできない」

「――――」

まさか、と思ったけれど、疑問は後回しにする。

「捜査資料を読んで改めて確信した。一件目の殺人は、犯人にとって最初の殺しじゃない。が、類似の事件が警視庁のデータベースでヒットしないということは、犯人はこれまで決して足がつかないよう、狙った獲物のことを調べ上げ、目立たない殺しを慎重に繰り返してきたんだろう。そんな人間の動機が、独善的な恨みなんかであるはずがない。もっと別の、切実な衝動に従っていると考えたほうが自然だ」

博士は立てた片膝の上に肘を置くと、頬杖をついた。

「そういった人間は、まず高学歴や高所得にはしがみつかない。そもそも従来の社会的ステータスなんてものは、この国ではとっくの昔に崩れ去ってる。今やどの病院も経営はかつかつ、大企業や銀行も簡単に潰れる。医師や企業マンにどれだけの将来的保証がある？　専門的な職工、文芸やＩＴスキル、そういった他の何かでプライドを満たし、自己を保っている。そう分析するほうが理にかなってる」

「それじゃ、警察の分析は……」

「価値観を更新できていない時代遅れの分析だ」

博士は言下に切って捨てた。

「犯罪を規定するのも、生み出すのも社会だ。社会が変容すれば、同じく犯罪者も変容する。警察は未だにそれがわかってない。お粗末にもほどがある」

私は皆川管理官の言葉を思い出していた。

――おそらく阿良谷は、まだ自分の犯罪を残らず自供してない。つまり、膨大な未公開のサンプルデータを頭の中に隠し持ってる。やつが実地で採取した、貴重なデータがな。それを利用したプロファイリングなら、他の連中には導き出せないことも導き出せるかもしれん。

「そして、快楽殺人者は被害者の身体の一部を持ち帰り、それを見返しては殺人の記憶を反芻し、そのときの快楽を何度も味わおうとする。これも典型的な快楽殺人者の特徴だ。今回の事件の犯人も例にもれないだろう」

「…………」

まだ、すぐには信じられない。それでも、たしかに博士の分析には、警察のそれにない視点があり、説得力もあるように感じられた。

同時に、ふっと背筋を冷たい手で撫でられたような心地がした。もし博士の分析が正しいのだとすれば、犯人は捜査本部の想定をはるかに超えた異常性と狡猾さ、そして殺人の経験を持っていることになる。今の捜査方針で、はたして逮捕に漕ぎつけることができるのだろうか……。

ただ。

私は口元にこぶしを当て、考える。

本当に一件目が犯人にとって最初の殺人ではなく、警察の分析とは真逆のパーソナリティを持っているのだとすると、一つだけ矛盾が生じるのではないだろうか。

それについて私が質問しようと顔を上げると、

「――今度はこっちの番だ」

阿良谷博士が、私を見て言った。

「まずは、君が警察官になった理由からだ」

急に質問されて、私は戸惑った。「それは、いろいろとありますけど……」などと時間を稼ぎつつ、言葉を選ぶ。

「一言で言えば、子供の頃から警察に親しんでいたから、です」

「両親が警察官だったのか？」

「いえ」

斜めに視線を逃がす。おそらく嘘は通用しないだろう。私は意を決し、呟くように言った。

「──両親が殺されたんです」

博士はふと何か思い当たったように目を細めると、

「……そうか。二十三年前の『世田谷夫婦殺害事件』。世田谷に住む三十代の夫婦宅に何者かが押し入り、夫婦を包丁でめった刺しにして殺害した。だが、なぜか夫婦の子供──当時二歳半になる長女だけが、無傷のまま現場に残されていた。その殺害された夫婦の名字が、氷膳だ」

本当に国内外問わず、ありとあらゆる猟奇事件を網羅しているらしい。私は小さく頷き、

「その長女が私です。なので物心ついてからも、折に触れて警察から話を聞かれました」

その捜査に当たっていた一人が、当時まだ巡査部長だった皆川管理官だ。現場には凶器や犯人のものとおぼしき靴の足跡、髪の毛など、多数の遺留物があったにもかかわらず、犯人は未だ捕まっていない。

それでも管理官は——子供だった私は皆川のおじさんと呼んでいた——いつも話を聞いたあとに、こう言ってくれた。

——悪いな、リカ子。いつか必ずお前の両親の仇も捕まえてやる。だから、もう少しだけ待っててくれや。

その頼もしい言葉と優しい眼差しが、私の中に〝道〟をつけた。

事件後、頼るべき親族もなかった私は、十条の養護施設に預けられた。そこから地元の学校に通ったあと、警視庁採用試験を受けて合格し、晴れて警察官になった。皆川管理官のような、犯罪と犯人を憎み、市民を守れる警察官となるために。

阿良谷博士が呟くように言った。

「なるほどな。だからか」

「だから？」

その言葉に私は小首をかしげ、訊き返す。

けれど、

「――そっちの番だ」

博士は私を無視し、そう促した。……もちろん気にはなったけれど、今は訊くべきを訊くことが先決だ。切り替えて、質問した。

「犯人がこれまで目立たないよう殺人を繰り返してきたとすると、今回の事件の遺体遺棄はどういうことなんでしょう。内臓を抜き取って放置しておくなんて、人目につくやり方だとしか思えませんけど」

「それについては、今のところ不明だ」

先ほど思い当たった矛盾点を指摘すると、阿良谷博士は意外にもあっさり認めた。

「だが快楽殺人者が環境や心理の変化で犯行をエスカレートさせることはよくある。今回の犯人も同様のケースだろう。ただ――」

「ただ？」

「それとは別に、一連の殺人には、他にも明らかな矛盾がある」

「え？」

目をしばたたかせる私に、博士は口だけで指示した。

「五一ページ」

そう言われて、私はすぐにファイルをめくった。該当ページに載っていたのは、昨日発見されたばかりの三件目の遺体についての情報だった。

「一件目、二件目の遺体は、殺害からおよそ一週間で遺棄されている。だが三件目の遺体だけは、殺害から二、三日の状態で遺棄されている」

三件目の被害者の遺体は、一件目、二件目と同じく江東署管内で発見された。場所は汐見運河。発見者は近所の護岸工事現場の作業員だ。正午の昼休み、現場で異臭がするので辺りを見回ってみたところ、運河のすぐそばに打ち捨てられていた遺体を発見したという。被害者はやはり二十代から三十代とおぼしき女性で、身元に繋がるものは何も着けておらず、首にスタンガンの火傷の痕があった。そして腹を開かれ、腹腔内の臓器が欠損していた。

ただ博士の指摘した通り、一件目、二件目と違って、三件目だけは遺体が死後二、三日と比較的新しかった。

「たしかにその違いは捜査会議でも取り上げられましたけど……それこそ犯人の気まぐれなんじゃ？」

「だから警察は無能だと言うんだ」

ベッドに座り込んだ博士は、再び不機嫌そうな半眼になった。

「快楽殺人者は、殺害にまつわる手口を意図的に変えたりしない。理由は二つ。一つは、殺人と欲求が分かちがたく結び付いているから。もう一つは、慣れない手口に変えるとボロを出すことがわかっているからだ。これらにはまず間違いなく例外がない。殺しの経験が豊富なら尚更(なおさら)だ。だからこそこの矛盾には、必ず大きな意味がある」

「意味……。これまで目立たない殺人を繰り返してきたにもかかわらず突然人目を引く犯行を始めたように、犯人に、さらなる心理的な変化があったということですか？」

「違う。心理的な変化で手口が変わる場合、やり方をエスカレートさせることがほとんどだ。遺体遺棄までの時間が短くなる、なんて変化はあり得ない」

私は眉をひそめた。それではこの変化は、一体何を意味しているというのだろう。

遺体遺棄までの時間がこれまでと違う。けれど、快楽殺人者にそんな変化はあり得ない。矛盾だ。その矛盾を解消するには……もはや前提を覆すしかないのではないか。つまり、犯人は快楽殺人者ではないという——

「……あ」

私は顔を上げた。

ふと、恐ろしい思いつきが脳裏をかすめたからだ。

自分でも半信半疑のまま、まさか、と内心で繰り返しながらも、それを口にした。

「三件目だけ、犯人が違う？」

阿良谷博士は頬杖をついたまま、事もなげに言う。

「そう。つまり三件目の殺人は、一件目、二件目の模倣犯の仕業だ」

自分で導き出した答えにもかかわらず、私は呆然としてしまった。

今回の連続殺人の犯人は、すでにこれまでいくつもの殺しを繰り返してきた、警察の想定をはるかに上回る危険な存在かもしれない。そしてそれとは別に、さらにその殺人を模倣する犯人までいる？

錯綜する情報を頭の中で必死に整理しながら、私は言った。

「けれど待ってください。それは変です。遺体から内臓が欠損していたことを、警察は公表していません」

そんな私の反論も想定内といったふうに、阿良谷博士は言う。

「公表していなくても情報はもれる。現場やその周辺を這いずり回っているのが警察だけだと思うな。跳ねっ返りの記者なら大手を出し抜くためにそれぐらいは当然やる。実際、先週発売の《週刊モノス》に、それらしい記事が載っていたはずだ」

え？　と私は目を見開いた。

すぐにスマートフォンを取り出し、『週刊モノス』と関連する単語で検索してみる。

すると週刊誌の公式サイトに転載された記事がヒットした。目を通すと、たしかに今回の殺人の手口のことが書かれている。確証のない記事と見なしているのか大手ポータルサイトは沈黙しているけれど、おそらく取り上げられるのも時間の問題だろう。捜査本部では一切認知されていなかった。明らかな失策だ。

「――僕の番だ」

スマートフォンをしまう私に、博士は訊いてきた。

「君は両親が殺されたとき現場にいた。君は、犯人の顔を憶えているか？」

その質問に、私は一瞬言葉を失う。ややあって、

「……いえ」

かぶりを振る。

けれど、心の奥底まで見通そうとする博士の半眼に誘われるように、突然ふっと意識が過去へと飛んだ。

あのとき、私はまだ三歳にも満たない幼児だった。だから見たもの聞いたもの、何一つとして憶えていない。

ただその後、もう少しだけ長じてから、時折ぼんやりと残像のように脳裏に浮かぶ光景があった。

顔――私を覗き込んでいる大人の顔だ。黒く、その輪郭すらぼんやりとしていて、はっきりしない。

それを思い出そうとすると、言い知れない黒い不安が頭をもたげ、鼓動が速くなる。

あれは、写真でしか知らない私の両親の顔なのだろうか。

それとも――

「……時間です。退出してください」

廊下天井のスピーカーから声が聞こえてきた。青柳医師だ。はっと我に返った私は、顔を上げて口早に言った。

「すみません、もう一分だけ！」

頭をフル回転させて、何を訊くべきかを検討する。

「博士。その模倣犯のプロファイルがわかりますか？」

愚問だ、と言わんばかりに博士はすぐさま口を開いた。

「模倣犯は、得てして想像力や決断力のない人間の仕業だ。犯罪に手を染めたいと思っている人間は掃いて捨てるほどいるが、緻密に計画を練ることができるのは一握りで、ほとんどはかつての犯罪を真似するにとどまる。また、人間は同じ情報に継続的に触れていると慣れが生じ、それに対する心理的ハードルが著しく下がる。模倣犯は、まず間違いなくこういった理由で行われる」

とても頷ける話だった。誘拐や毒物混入、建造物への落書きまで、何か一つ犯罪が起こると、あらゆるメディアがそれを盛んに報道する。そしてそれに触発されるように、類似の犯罪が多発するのだ。

「この模倣犯もまた警察の捜査を掻い潜っていて、それなりに知能は高いんだろう。ただ、この手の犯人は殺害の手口や経過にはこだわらない。むしろ気にするのは周囲の目と耳だ。自意識過剰で独善的、保身を願う気持ちが強く、それがこれまで犯行のストッパーになっていたはずだ。これらを鑑み、この模倣犯は社会的ステータス——と本人が考えるもの——が高く、裕福で、三十代から六十代ぐらいの男である可能性が高い」

皮肉にも当初の警察の分析に近いプロファイルに、私は、けれど、と思う。

「ですけど博士。いくらハードルが下がるとはいっても、猟奇殺人を模倣することなんて本当にあるんでしょうか？」

何しろ事は殺人——それも他にないほど猟奇的なものだ。毒物混入や誘拐よりさらに実行しにくいはずで、そんな犯罪を模倣することなどあり得るのだろうか。

「たしかに、他の犯罪にくらべて模倣されにくいことは否めない。それでも、海外では実例がいくつもある。国内でも——」

そこで阿良谷博士は不意に口をつぐんだ。そして、何かしら考え込む素振りを見せる。

「博士？」

時間がない。私が焦りながら促すと、

「……この模倣犯のプロファイルに合致するかもしれない人物に、一人だけ心当たりがある」

「え？」

唐突な博士の重大発言に、私は一瞬言葉を失った。すぐに食いつく。

「本当ですか？」

「ああ。柏木医師に話を聞くといい」

「柏木？」

「柏木怜雄。元須央会医科大学の精神医学者だ。犯罪心理学にも造詣が深く、何度かやりとりをしたことがある」

須央会医科大学は私立医大の名門だ。たしか警視庁も多摩地区の監察医務を嘱託していたはず、と思う。

「優秀な先生なんですね」

「いや、特に見るべき視点もビジョンも持ち合わせていないぼんくらだった」

さらりと酷評する博士に、私は閉口した。

「ただ七年前、その柏木医師から、人体の部位を欠損させる猟奇犯罪に魅せられ、それを実行しようとしたという彼の患者の話を聞いたことがある」

とてつもなく重要な証言だった。これだけの猟奇殺人の衝動がある――そんな素地を持った人間がそうそういるとは思えない。その患者について調べてみる価値は十二分にある。

「元須央会医大、ということは、その柏木医師は、今どこに？」

「たしか大学を退官して、中野でメンタルクリニックを開業していたはずだ」

「中野ですね」

再び天井から青柳医師の催促が飛んできた。さすがにここまでだろう。

「ありがとうございました、阿良谷博士。とても参考になりました」

お世辞ではなく本心だった。たった十五分間の接見だったにもかかわらず、現状を大きく動かす可能性のある貴重な知見が得られた。

博士は相変わらず不機嫌そうな顔つきのまま私を追い払うように手を振ると、こちらに背を向けてベッドに寝転び、再び読みさしの本のページを開いた。

5.

東京警察医療センターをあとにした私は、駅への道すがらスマートフォンで皆川管理官に電話をかけた。けれど、コール音が鳴るばかりで管理官に繋がらない。管理官の仕事はときに捜査本部を掛け持ちすることすらあるほどの激務だ。仕方ない。

ただ、阿良谷博士の新たな犯人のプロファイリングと、三件目の殺人だけは模倣犯の仕業であるという分析――これらは現状の捜査方針を覆す可能性があるほどの重要な示唆だ。一刻も早く本部に報告しなくてはならない。

けれど。

阿良谷博士の分析結果は、出所を明かせない。そんな怪しげな情報で、はたして捜査本部を動かせるだろうか。たとえソースをうまくでっち上げられたとしても、現在の流れに真っ向から逆らう以上、あくまで分析結果というだけでは、捜査方針の変更にはかなりの時間がかかるはずだ。それまでに、また新たな被害者が出かねない。

では、どうすれば？

私は立ち上げたブラウザの検索バーに、『柏木』『メンタルクリニック』『中野』という単語を入力した。すると、『柏木メンタルクリニック』という病院のホームページがヒットする。所在地は中野。院長は柏木怜雄。専門は心療内科。すぐに電話しようとしたけれど、今は昼休憩の時間で受付電話は取れないとあった。午後診療は三時から、となっている。現在時刻は午後一時だ。

これ以上の単独行動は、さらにリスクが大きくなる。それでも、博士が心当たりがあると言った患者――その人物が模倣犯だという確証が得られれば、さすがに本部も捜査方針を変えざるを得ない。そしてそれができるのは、現状やはり私しかいない。

私は中野に向かうことにした。早稲田からは東西線で十分ほどだ。

そういえば朝を食べ損ねていたことを思い出し、コンビニでおにぎりとペットボトルのお茶を買った。刑事は何をするにも急ぐので、自然と食べるのが速くなる。早稲田駅のホームで包みを破っていると、電車がすべり込んできた。私はそれを六口で食べ切ると、行儀悪く手で口を押さえてもぐもぐやりながら電車に乗り込んだ。

駅を北口から出て、中野通りを十五分ほど歩いたところに、《柏木メンタルクリニック》はあった。平和の森公園沿いから一本路地を入ったところに建つ、目立たない木造の建物だった。

自動ドアをくぐり、エントランスでスリッパに履き替える。待合室には一人掛けソファが四つ並んでいたけれど、診療時間外のせいか無人だった。受付にも人の姿はない。

「ごめんください。どなたかいらっしゃいますか？」

奥に声をかけると、ややあってカーディガンを羽織った若い女性が出てきた。眉間に髪がかかっており、あまり健康そうでない痩せ方をしている。

「お忙しいところすみません。柏木先生はいらっしゃいますか？　少しお話を伺いたいんですけど」

警察手帳を出すと女性はたじろぎ、少々お待ちください、と奥に引っ込んだ。しばらくすると入れ替わりに、今度は初老の男性が現れる。

「警視庁江東署の氷膳といいます。ご連絡も差し上げずに押しかけてすみません」

「いえ、それは構いませんが……一体どういったご用で？」

柏木怜雄は背の高い男性だった。年齢は六十代だろう。頭はすでに品のいい総白髪だ。けれど肌には張りがあり、顔つきも精悍で、歳よりもずっと若々しく感じられた。ただ、あの阿良谷博士と交流があったとはまるで思えないほど、穏やかで優しげな目元をしている。アイロンのかかったシャツにきちんと折り目のついたスラックス、その上から白衣を羽織っていた。

「江東区で発生した殺人事件のことはご存じですか？」

「それは……ええ。新聞とテレビのニュースで見ただけですが」

「それについてある方から、先生が参考になる情報をお持ちだと伺ったので、少しお話を聞かせてほしいんです」

「ほう。そのある方、というのは？」

少しだけ迷う。ただ、やはり阿良谷博士の名前を出すのはリスクが高い。

「すみません。それについては申し上げられません」

さすがに柏木医師の眉が寄った。けれど思案するような沈黙のあと、とにかくこちらへ、と奥へ通された。

診察室は広々としており、木目が優しい落ち着ける内装になっていた。クリニックというよりサロンのようだ。

柏木医師はゆったりとした黒い椅子に座った。促されたので、私も対面の同じ椅子に腰かける。革張りで、全身をすっぽり包み込まれるように大きく、とても座り心地がいい。訊くと、ドイツのメーカーのものらしい。

「失礼ですが、もう一度警察手帳を拝見してもよろしいですかな」

「あ、はい。どうぞ」

私が取り出した警察手帳を、柏木医師は眼鏡をかけ、まじまじと見てくる。……やっぱり一人で来たのは怪しかっただろうか、と今更ながら心配になっていると、柏木医師はひとまず納得してくれたようだ。

「いや失敬。なかなか見る機会のないものなので」

思ったより気さくな人らしい。

柏木医師は眼鏡を外してデスクに置くと、改めて私に向き直った。

「三時から午後の診療があります。それまでの間でよければ、お話ししましょう」

「ありがとうございます。それじゃさっそく。以前先生は、人体の部位を欠損させる猟奇犯罪に魅せられて、それを試そうとした患者を診察されたそうですけど、間違いありませんか？」

柏木医師は驚いたのか、目を見開いた。

「一体どこからそんなことを……いや、話せないのでしたね」

しばし迷うような間があった。やがて両手を組み、

「ええ。彼のことならよく憶えています。なかなか珍しい症例でしたから。ただ先に申し上げておきますが、その患者がどこの誰であるのかを申し上げることはできません。おわかりでしょう」

私は神妙に頷いた。もちろん正直に言えば、柏木医師にその患者を紹介してもらい、内々に聴取させてもらえれば完璧だった。けれど、医師に守秘義務があることは私とて心得ている。

それでも、柏木医師から間接的に患者の個人情報を引き出せれば、阿良谷博士のプロファイリングに合致するかどうかは確かめられる。そして柏木医師は、その患者のことを彼と呼んだ。――患者は男性だ。分析結果と合致する。

「もちろん患者さん本人がどこの誰かといったことはお訊きしません。けれど、そういった症状や心理について、詳しくお話を伺いたいんです」

そう取りなすと、柏木医師は、そういうことなら、と組んだ手を膝の上に置いた。

「まず率直な疑問なんですけど、猟奇犯罪に魅せられ、それを実行する、という心理は、実際にあり得るんでしょうか？」

私の質問に、柏木医師は鷹揚(おうよう)に頷いた。

「過去のサンプルを参照する限り、私は充分にあり得ると考えています」

「その患者は、先生がまだ須央会医科大学にいたときに診られていたんですね？」

「……そこまでご存じでしたか。……ええ。彼は猟奇的なるもの、特に人体を欠損させることに魅せられていました。そして、実際にやってみたいと考えていた。けれど、それを実行するには彼のパーソナリティは他者への共感性が高かった。ゆえに、自分自身の身体でそれを実行する、という歪な形での発露がありました」

「自分自身の身体で？」

私は目を見開いた。柏木医師は頷き、

「最初はまだ、はさみで自分の髪を切ったりといった軽いものでした。ところが、カッターナイフで腕の皮膚を切り取ったり、生爪を剝がしたりとだんだんエスカレートしていった。母親に連れられて私のところへ診療に訪れたときには、彼は自分の左手の小指を第二関節から切り落としていました」

凄絶な話に絶句する。けれど、聞き捨てならない点があった。

「母親と一緒に訪れた……ということは、その彼は親と同居していたんですか？」

「ええ」

「ひょっとして――彼は未成年ですか？」

私がそう踏み込むと、柏木医師は苦笑した。

「なるほど。警察の用意したプロファイルと彼の人物像が合致するかどうか、確認したかったのですね」

こちらの意を悟られてしまった。普段多くの外来患者の話を聞いているせいだろうか、それとも私が未熟なせいか。

狙いがバレてしまった以上、返事はもらえないかと思ったけれど、柏木医師は、いや失敬、と微笑み、

「お察しの通り、当時の彼は未成年でした。今は成年ですが、診療の成果と長じた影響もあってか衝動をコントロールできるようになり、普通の社会生活を送っているはずです」

落胆したつもりはなかったけれど、思惑が空を切った手応えに、ほんのかすかに力が抜けてしまった。

阿良谷博士が柏木医師から患者の話を聞いたのが七年前。当時、患者が未成年だったとすれば、今は最年長でも二十五歳ということになる。博士の分析では、模倣犯の年齢は三十歳から六十歳で、社会的ステータスも高い人物だったはず。明らかに合致していない……。

「どうやら、ご期待には沿えなかったようですな」

「……いえ」

私の反応から首尾を悟ったらしく、柏木医師は同情するような表情をするけれど。

　そのとき私は妙な違和感を覚えた。

　七年前、阿良谷博士がこの患者についての話を聞いたとき、年齢のことは話題に上らなかったのだろうか。

　いくら警察官とはいえ部外者の私がこうして聞けたことを、同じ研究者であり、しかもあれだけデータにこだわる阿良谷博士が聞かなかったとはとても思えない。だとすれば、この患者が模倣犯のプロファイルに合致しないことを、阿良谷博士はあらかじめわかっていたはずだ。それにもかかわらず、ここに行くよう博士は私に勧めた。

　――柏木医師に話を聞くといい。

「どうかされましたか？」

　口元にこぶしを当てて考え込む私に、柏木医師が訊いてくる。その精悍な顔を見ていると、不意に私の中に、ある考えが生まれた。

「――いえ」

　我ながら突飛な考えだったけれど、私はそれを確かめるために口を開いていた。

「ありがとうございました、柏木先生。とても参考になりました」

「いや、とんでもない」

　私は頭を小さく下げてから、「ああ、そういえば」と続ける。

「もう一つだけ聞かせてください。その彼は診療時、すでに指を落としていたそうですけど、まさか今回の事件のような傷をつけたことはありませんでしたよね？」

私が自分の腹の辺りをぽんと押さえると、柏木医師はにこやかにかぶりを振り、

「ええ、それはありませんでしたね」

と言った。

私は再度お礼を言って、椅子から腰を上げた。

私はここに来てから、一度も事件の詳細を口にしていない。

けれど、柏木医師はそれを——被害者の腹が開かれ、内臓が綺麗に取り出されていた、という警察が公表していないはずの事実を——知っている。でなければ、今の曖昧な訊き方に対して、すぐにノーと言えるはずがない。

そして彼は事件について、「新聞とテレビのニュースで見ただけ」と言った。例の《週刊モノス》の記事を読んでいたとは、言及しなかった。

私の頭の中は、警戒で真っ赤に染まった。

「少しでもお力になれたならよかったのですが」

柏木医師はにこやかにそう言いながら、私が立ち上がったのと同じタイミングで席を立った。

そして、

「ああ、ところでそちらは？」
と、私の足元を指差した。
え？　と視線を下げると、視界に影が落ちた。私がはっとしたのと、がつん、という
頭が割れるような衝撃が来たのは、ほぼ同時だった。
一瞬左右どころか、どちらが上か下かもわからなくなり、気づけば私は床に横倒しに
なっていた。
「痛……」
側頭辺りが燃えるように熱い。指で触れるとぬるりとした感触とともに、思わずのた
うち回ってしまうほどの激痛が走り、奥歯を噛(か)み締(し)める。
そんな私の元へ、声が降ってきた。
「……やれやれ。まさかこんなことになるとは」
柏木医師がこちらを見下ろしていた。その左手には、一丁のハンマーが握られている。
どうやらあれで殴られたらしい。使いなれない得物で手が痺(しび)れたのか、小さく右手を振
っていた。一体いつの間にあんなものを？　……いや、そんなことを考えてる場合じゃ
ない。
頭に一撃をもらったせいで、とてもすぐには立てそうにない。血流とともにずきずき
と痛む頭で、必死に思考を組み立てる。なんとか時間を稼がないと。

「無駄な抵抗はやめなさい。あがけば苦しむだけだ」

そんな私の目論見を挫くように、柏木医師が告げた。

会話を続けているうちは、きっとまだとどめはさされないはず。そんな根拠のない理屈にすがって、私はとにかく会話を繋いだ。

「……やっぱり、あなたが、模倣犯だったんですね」

多少は意表を突くことに成功したらしい。柏木医師は一瞬目を見開いた。

「それを君が知る必要はない」

けれどすぐに冷たくそう言って、ハンマーを握り直す。そうはさせじと私は続けた。

「……いいえ、もう知っています、何もかも」

ぴくり、と柏木医師の右まぶたが痙攣する。

そう。

今にして思えば、すべては明らかだった。

阿良谷博士はやはり、柏木医師の患者の年齢まで含めて知っていたのだ。つまり、最初から柏木医師の患者が犯人のプロファイルに合致しないこともわかっていた。では、どうして柏木医師に話を聞くよう勧めたのか。

阿良谷博士の分析を思い返せば、その疑問は簡単に解けた。

――この模倣犯もまた警察の捜査を掻い潜っていて、それなりに知能は高いんだろう。

ただ、この手の犯人は殺害の手口や経過にはこだわらない。むしろ気にするのは周囲の目と耳だ。自意識過剰で独善的、保身を願う気持ちが強く、それがこれまで犯行のストッパーになっていたはずだ。これらを鑑み、この模倣犯は社会的ステータス——と本人が考えるもの——が高く、裕福で、三十代から六十代ぐらいの男である可能性が高い。

その分析に、柏木医師はことごとく当てはまっているのだ。

そして、

「……あなたは、阿良谷静と、交流を持っていましたね」

阿良谷博士の名前を出すと、さすがの柏木医師も動揺を見せた。

「なぜ、そ——」

それを知っている、という言葉を呑み込んだのだろう。不自然に口をつぐむ。

「……あなたが、阿良谷静にどんな印象を持っていたのかはわかりません。ですけど、彼の影響は、とても大きかったはずです」

何しろ、たった十五分の接見であれだけの知見を外部にもたらす人だ。当時から、周囲に与えていた影響は計り知れないだろう。

「……その彼が五年前、研究データを採取するために、いくつもの猟奇犯罪に手を染めた。あなたは、間違いなくそれにも興味を持ったはず。そして、そんなあなたの住む東京で、今年の初めから連続猟奇殺人が発生した……」

今回の猟奇殺人にも、柏木医師は間違いなく興味を持っていたはずだ。その情報を仕入れるため、マイナーな週刊誌を購読するほどに。

模倣にも、いろいろな形がある。

柏木医師は模倣犯だった。

けれど、それは今回の猟奇殺人を模倣しただけではなかった。

彼は、自身に大きな影響を与えた、阿良谷博士の犯罪をも模倣したのだ。

「……交流？　交流だと？　馬鹿馬鹿しい！」

私の指摘に、柏木医師はこらえ切れなくなったのか、穏やかな物腰の心療内科医という虚飾を剝ぎ取り、激昂した。

「この私が、あんな若造と交流など持つものか！　やつが私に何をしたのかわかるか⁉　やつのくだらん指摘のせいで、私は学会で恥を掻かされたのだ！　あなたの分析は時代遅れだ、などとこの私に向かってずけずけと言いおった！」

到底吐き出さずにはいられない、とばかりに口の周りに泡を飛ばしながら続ける。

「だが、それからすぐにやつは警察に逮捕され、死刑を宣告された。馬鹿め、愚か者には似合いの末路だ――そう思った。……だが、それでも学会で取り上げられるのはあの男の論文だ。大学も博士号剝奪を撤回する始末。ああ、どいつもこいつも手に負えない馬鹿ばかりだ！」

嫌な汗が背中に浮かぶ。……さすがにそんなことがあったとは聞いていなかった。彼をぼんくらと酷評していた阿良谷博士に内心で恨み節をぶつけていると、

「……だからこそ私にも必要なのだ。最新のデータがな」

柏木医師は言った。

「それさえあれば、私があの男に負ける道理はない。私が発表する論文で、あの男に研究者としての死を与えてやる」

勝ち誇る彼に、私は呟くように言う。

「……それは、無理だと思います」

「……なんだと？」

再び右のまぶたを痙攣させる柏木医師に、私は呼吸を整えながら告げた。

「……無理だと思います、と言ったんです。模倣犯は、想像力や決断力のない人間の犯罪ですから。……自分で計画もできず、踏み出すこともできない、そんなあなたに、大きな業績は残せない」

柏木医師の顔が赤黒く歪んだ。けれど感情が決壊する寸前で大きく息をつき、代わりに嗜虐的な嘲笑を浮かべる。

「好きにほざくがいい。お前は今からここで死ぬ。私の論文の礎となれることを感謝しながらな」

「……いいんですか？　……ここで私を殺せば、すぐにバレますよ」

「はたしてそうかな？」

柏木医師は再び勝ち誇った笑みを浮かべ、

「刑事が単独で動かないことぐらいは誰でも知っている。とはいえ、お前が偽刑事という線はなさそうだ。ならば事情は知らんが、セオリーにない単独捜査ということだろう。つまり、ここには誰も助けになど来ないということだ」

ああ、と思う。

警察が来たと受付に知らされたときから、彼はすでにもしものときの算段をしていたのだ。ハンマーはデスクの引き出しにでも用意していたのだろう。警察を出し抜く知能の持ち主、という博士の分析が、図らずも実証されてしまった。

「……それでも、ここに来るまでの私の動向を知っている人間は、何人もいます」

「たしかに」

だが、と柏木医師。

「死体が見つからなければどうということはない」

危機感が背筋を駆け上がる。

私はぐっと腹に力を込めて叫んだ。

「――誰か！　来てください！」

けれど、柏木医師に動じた様子はまるで見られなかった。

「無駄だよ。このクリニックは防音だ」

それでも間違いなく受付の女性には聞こえたはず。なのに、何の反応もないのはおかしい。

私の視線から、何を期待しているのかを悟ったらしい柏木医師は、すっかり余裕を取り戻しくっくと肩を揺らした。

「私のデータ採取を、誰が手伝ったと思っているんだ？」

「――――」

なるほど。さっきの女性もグルということらしい。

「少し多めの金を握らせれば、誰しも簡単に口をつぐむ」

その柏木医師の言葉とともに、私の頭はしんと冷えていった。

6.

高校の頃、友人の誘いでソフトボール部に入ったことがある。子供の頃から運動神経は悪くなかったこともあって、私はそれなりに活躍できそうだった。ありがたいことに先輩や友人からも褒められ、期待された。

けれど私は申し訳ないことに、結局一ヶ月で部を辞めてしまった。怪我をしたのでも、厳しい練習に耐えかねたのでもない。ただ部員たちが放つ、まぶしいぐらいの健全さに、なぜかうまく馴染めなかったのだ。

そんなとき、私はそれに出会った。

街中で偶然道場を見つけ、興味本位に見学してみたとき、それが持つ苛烈さ、容赦のなさ、血の気配――そういったものに驚いた。けれど、いざ始めてみると不思議と性に合っており、その後も長く続けた。

今にして思えば、それは運命の出会いだったのかもしれない。

なぜなら、それが今まさに、私自身の命を救おうとしているのだから。

「――――」

床で横になったまま、私は規則的に呼吸を整え続けていた。そのたびにこめかみが脈打ち、頭がずきずきと痛む。それでも致命傷にならなかったのは、ハンマーが頭の丸みに沿ってすべったから、そして、私が反射的に頭をかがめていたからだ。そうしていなければ、間違いなく一撃された時点で終わっていただろう。

血流に乗って身体の隅々にまで酸素が行きわたるとともに、私はかすかな安堵に満たされていった。警察官としての充実こそが、己が身の危険こそが、唯一私の引け目を解消してくれる。改めてそう実感したからだ。

手足が動かせるかどうか、柏木医師に悟られないよう慎重に確認する。呼吸を意識しながら、柏木医師の一挙手一投足を見きわめる。

柏木医師が動いた。ハンマーを振りかぶりながら、私にとどめをさそうと一歩を踏み出す。その足が上がった瞬間――

今。

私は弾かれたように身を捻ると、柏木医師に向かってすぐそばの椅子を蹴り飛ばした。キャスター付きの椅子は床をすべり、その直撃をもらった柏木医師はたたらを踏む。その隙に私は猫のように素早く起き上がり、彼から距離を取った。

柏木医師は舌打ちしたものの、それでもまだ態度には余裕が感じられた。いくら私が警察官でも、男性と女性ではそもそも筋量が違いすぎる。腕相撲をすれば女性は男性にまず勝てないし、無力化して拘束するなんて至難の業だ。まして向こうには凶器まである。余裕もあろうというものだ。

それでも、私にも武器はある。私がこの世でもっともうまく扱える、私の身体という唯一無二の武器が。

軽く握り込んだ両こぶしを持ち上げ、半身に構える。

大事なのは呼吸。そして、タイミングだ。

凶器がナイフでなかったのは、私にとってこの上ない不幸中の幸いだった。ハンマーでの攻撃はまず間違いなく、振り下ろすか、それとも振り回すかの二択になる。どちらであるかさえ読めれば、必ず対処できる。

次の瞬間、柏木医師が動いた。腕の振り上げ方から前者——振り下ろすほうだと当たりをつけた私はそれにタイミングを合わせ、むしろ一歩踏み込んだ。

まさか接近してくるとは思わなかったのだろう、目を見開く柏木医師の二の腕を取って捻り、その膝の裏を踏み抜く。悲鳴とともに柏木医師の膝が折れたところで、私は凶器を手にした腕をつかんだまま、鉄棒の逆上がりのように両足を振り上げた。両大腿で柏木医師の頸部を挟み込む。驚愕の表情とともに彼はたまらずバランスを崩した。私もろとも勢いよく床に倒れる。それでも私は組み付いたまま、両足と背筋を使って彼の首を万力のように絞め上げる。

「……先生、《シラット》はご存じですか？」

柏木医師は充血した目に憎悪を滾らせてこちらをにらんだ。もちろん返事は期待していない。気道が塞がれて声さえ上げられないはずだ。

「……東南アジア発祥の武術で、武器を持った相手も制圧できるんですよ。これまで実戦で使ったことはなかったんですけど、人生、何が起こるかわからないものですね」

柏木医師はいよいよ三角絞めから逃げようともがく。けれど人間の足と背には、腕の三倍以上の筋力がある。これなら私でも、男性の力に決して負けない。

やがて。

柏木医師が、ぐるり、と白目を剝いた。頸動脈が絞まり、脳への血流が完全に遮断されて失神したのだ。

それでも私は、しばらく全身の力をうまく抜くことができなかった。大丈夫。これ以上絞めると死なせてしまう。必死にそう自分に言い聞かせ、なんとか腕と足を離す。

床に座り込んだまま、しばらく肩で呼吸をした。珍しく手が震えている。私は無言でその手をぐっと握り、揭げた。

そして、

「…………」

床にひっくり返った柏木医師と椅子――それらの惨状を眺め、一体誰にどう連絡すべきだろう、と頭を悩ませた。

7.

二日後――三月八日。

私は、再び東京警察医療センター精神科病棟の地下にある阿良谷博士の〝研究室〟を訪れていた。用件は、先日の交渉で課された条件を果たすためだ。

ちなみに、阿良谷博士が要求した品は『椅子』だった。

それもなるべく大きな、全身をすっぽり預けられるぐらいの座り心地のいい椅子をご所望とのことなので、私はつい最近一番よかったと感じた椅子を選び、博士の房に運び入れるよう手配しておいた。

大きな黒い革張りの椅子に座った博士は、相変わらず不機嫌そうな顔で、背もたれの具合を確かめていた。

「……まあ悪くない。どこの椅子なんだ？」

「ドイツのメーカーだそうです」

ところで、この椅子の購入資金はどこから出たものなのだろう。捜査費が非公開の公安部ならともかく、刑事部でそれはあり得ないので、やはり管理官の私費だろうか。

「それで？」

「はい」

私はもう一つの条件を果たすことにする。

「二日前、捜査本部は、柏木メンタルクリニックの医師、柏木怜雄、並びにクリニックの事務員、寺脇彩を重要参考人として事情聴取しました。二人は犯行を自供。さらにクリニックから凶器のロープが、シャワー室の壁と床からは洗い流された大量の血痕が見つかったため、二人を殺人及び死体損壊・遺棄容疑で逮捕しました。柏木怜雄はクリニックで被害者を殺害し、その後、包丁などを使って腹を開け、臓器を取り出したそうです。柏木医師は解剖実習の経験もあったため、それなりに手慣れていたようですね」

柏木メンタルクリニックでの立ち回りのあと、私は再びスマートフォンで皆川管理官に電話をかけた。今度こそ繋がってくれてほっとしたものの、事の顚末を話すと、管理官はいわく言い難い唸り声を上げた。

「――とにかく、すぐに捜査員をやる。よくやった、リカ子」

「……ありがとうございます」

私は消え入りそうな声で言った。管理官の台詞が本当に、よくやった、だったのか、それとも、よくもやってくれた、だったのかは、今となってはあまり自信がない。

「三件目の被害者――といっても、柏木医師が手にかけたのはこの人だけですけど――の身元も割れました。名前は大橋夕子。中野区江古田の二十八歳で、柏木メンタルクリニックに通院する患者でした。勤務先は大手都市銀行ですけど、人間関係に悩んで心のバランスを崩して先月退職。一人暮らしで両親も遠方で暮らしているため、誰も失踪には気づかなかったようです」

被害者遺族にとっては、あまりにやるせない結末だろう。犯人の逮捕が少しでも慰めになるといいけれど。

足を組んで椅子に座った博士は、肘掛けに頬杖をつき、目を閉じていた。私の報告を自身の分析と照らし合わせ、吟味しているのだろうか。

そんな博士に、

「あの……ところで博士」

私は内心憮然としながら訊いた。

「博士は、柏木医師が模倣犯だと最初からわかっていたんですね。その動機が、阿良谷博士の研究データ採取の手法を模倣するためだったことも」

「別にわかってたわけじゃない」

頰杖をつき、目を閉じたまま言う。

「ただ、その可能性はそれなりに高いと思ってただけだ」

はたして文句の一つも言わせてもらうべきか、私が口を引き結んで思案していると、

「ただ、わからないことなら別にある」

「え？」

何ですか？　と私が小首をかしげると、博士は薄く目を開いて言った。

「……それだけ散々な目に遭っておいて、君はどうして嬉しそうなんだ」

顔に出しているつもりはないし、そもそも顔に出ない性質だけれど、どうにも博士には読まれてしまうらしかった。

柏木医師たちが江東署に引っ張られたあと、私は病院に行った。頭部の裂傷は五針も

縫い、さらに精密検査のため一日入院するはめになってしまった。幸い脳などに異常は認められなかったものの、今も頭部に巻いた包帯の下では、頭皮に糸ががたがたと通されているし、痛み止めが切れると熱を持って痛む。昨夜もシャワーを浴びたとき、うっかりお湯をかけてしまって奥歯を噛み締めることになった。

ただその痛みもまた、私の引け目にとってはささやかな慰めのように感じられた。名誉の負傷、と気取るつもりはないけれど、警察官としての職務を全うするための引き換えに得たもののようで、ほんの少し安心できるのだ。

その辺りの機微をうまく説明する自信がなく私が黙ったままでいると、博士はもういいとばかりに再び目を閉じ、言った。

「……とりあえず、君が当初の想定以上におかしな人間だ、ということだけはよくわかった」

同時に、廊下天井のスピーカーから退出を促す声が聞こえてきた。規定の十五分が経ったらしい。事件の報告の他にも博士にはまだまだ訊きたいことがあったのだけれど……仕方ない。

「また来ます、博士」

私は会釈し、踵(きびす)を返す。

もちろん肝心の事件はまだ解決していない。一件目、二件目の犯人は今もまだ野放しのままだ。しかも、どうやら警察が想定している以上に危険な人物らしい。

それでも——。

阿良谷静。

二ヶ月間も進展のなかった難事件に、その分析だけで多大な成果を挙げてみせたこの人の力があれば……。

私はそう思いながら、房のほうを肩越しに振り返る。

かつて怪物とまで呼ばれた若き犯罪心理学の研究者は、肘掛けに頬杖をつき、目を閉じていた。その姿は、凡人には思いも及ばないような深い思索に耽っているようにも、次なる事件に備えて英気を養うべく、ただただ静かに眠っているようにも見えた。

インタールード

そろそろ人間を殺してみようと考え始めたのは、二十歳のときだった。

自分にとって人を殺したいという欲求は、どうやら想像以上に切実なものらしい。そんな自分の生理を冷静に自覚したからだ。

その頃は父親から難関大への進学を強要され、すでに三浪が決定していた時期だった。正直、進学に興味などなかった。いい大学を出ていなくても、生きていく方法はいくらでもある。意に沿わないことを押し付けられ、毎日が非常にストレスフルだった。いっそ父親を最初に殺そうかとも考えたが、それはどうにも受け付けなかった。肉親に対する情が湧いたわけではなく、男を、それも五十代の中年を手にかけるのは、単純に気持ちが悪かったからだ。

ただそれから間もなく、父親は自分が殺すまでもなく、くも膜下出血であっさり死んでしまうことになる。もちろん進学どころではなくなり、自分は退屈な予備校通いからすぐに解放された。そして、生前の父の伝手（つて）で紹介された仕事を始めたのだが、これが性に合っていた。それなりに体力と神経を使うが、黙々とやってさえいれば真面目だと受け取られ、評価される。実に自分向きだと思った。これからは仕事と殺しを生活の両輪としてやっていこう——そう思えるようになるほどに。

とはいえ、このときはまだそんなことなど知るよしもなく、ひたすらストレスを溜める毎日だった。そのせいか、予備校帰りの夜の路上で前を歩いている女を見かけるたびに、どうやって殺そうか、ということばかり考えていた。

そう。人間はいつまでも呼吸を止めてはいられない。それと同じだけの切実さで、自分は人を殺さずにはいられないのだ。思いつく限りのやり方で昆虫を殺していたのも、きっとその代償行為に過ぎなかったのだろう。

つまり、これから自分は生きている限り、息継ぎをするように殺人を繰り返していかなければならないのだ。

己が運命を受け入れる気分でそう悟ったものの、それなりに問題が多いこともよくわかっていた。

とりあえず警察には追われることになるだろう。何より恐ろしいのは、もし捕まれば人を殺せなくなってしまうことだ。そんなことになれば、それこそ生き地獄でしかない。

一瞬不安になったものの、すぐに、いや、と首を振った。

大丈夫だ。適当な被害者を見つけるのも、警察の捜査を掻い潜るのも、時間と手間さえ惜しまなければいくらでもやりようはある。

己の知能と慎重さ、それらを勘案した上で、冷静にそう確信した。

とりあえず思いついた方法で物色し、自分とは縁もゆかりもない、須藤香苗という女に目星をつけた。まずはこの女からにしよう。

ただ、一つだけ不満を挙げるとすれば、目立つ殺しはできないだろうということだ。

できれば昆虫と同じように、人間も中身を見てみたかった。

第二話「殺人鬼の憂鬱」

1.

三月十日、午前九時。

私は江東署五階の会議室前に立ってからその薄いドアをノックするまでに、およそ十秒の時間を要した。

……もちろん今更躊躇ったところでしょうがないことはよくよくわかっている。それでもこの扉の先に待っているのは、さながら鬼の棲家(すみか)だ。私の今後は、その鬼たちの胸三寸にある。

それでも、失礼します、と遠慮がちに声をかけ、ドアを開ける。

会議室最前の長机に居並んでいたのは、本庁捜査一課の理事官、管理官、二係と四係の係長、そして江東署の署長と副署長、刑事課長の七人だった。私が彼らの前に立つと、

「氷膳巡査」

　まず口火を切ったのは、実質的に今回の特捜本部の指揮を執っている二係長の入船賢樹警部だった。年齢は四十代。オールバックの黒髪にメタルフレームの眼鏡、着こなしたグレーのスーツには一分の乱れや皺もない。もし理性や論理といったものを人の形にしたら、そっくりそのまま彼が出来上がるのではと思えるほどだ。そのジャケットのラペルでは捜査一課のバッジが誇らしげに存在を主張している。

「用件は事前に申し渡していた通りだ。改めて、かかる事態になった経緯を説明してもらおう」

　柏木怜雄並びに寺脇彩――連続猟奇殺人の模倣犯に私が単独で聞き込みを行ったことは、結局隠しようがなかった。その件についての報告書はすでに提出してある。ただ状況がイレギュラーなものだけに、改めて個別に聞き取りを行い、前後関係を整理しておこう、という名目で設けられたのがこの場だった。……ただし、もし私が下手を打てば、即座に簡易の査問委員会になってしまうだろう。

「では、始めたまえ」

「はい」

　何を言うかは、もちろん事前に頭に入れてあった。私が説明する間、誰一人、口を挟まなかった。相槌もないまま、ただ一人で話し続けるのは思った以上にやりにくかったけれど、およそ十分ほどで淡々と説明を終える。

「――氷膳巡査。つまり、君の主張を要約すると」

入船係長は眼鏡の奥の瞳で私をじっと見つめ、人差し指で長机を小突きながら言った。

「皆川管理官から個人的な指示を受けた君は、一人で中野の《柏木メンタルクリニック》へ向かった。指示の内容は、はたして猟奇殺人事件を模倣する犯人というものがいるかどうか、研究者の意見を仰ぐため。その聞き込みの最中、柏木の発言に違和感を覚えた君は、警察が公開していない殺害手口をちらつかせ、カマをかけた。柏木はそれに引っかかり、逆上。あらかじめ用意していたハンマーで君を殴打したが、君は負傷しつつも柏木を取り押さえることに成功。その後、皆川管理官に連絡した」

「間違いありません」

私は表情を変えずに頷いた。

入船係長は、理事官を挟んで二つ隣の席に座る皆川管理官に目を向けた。

「皆川管理官」

皆川管理官も、リラックスした様子で頷く。

「ああ、たしかに間違いない」

「三件目の殺人が模倣犯の仕業であると、なぜ気づいたのですか」

「報告書にもあったと思うが、一件目、二件目にくらべて、三件目だけ遺体遺棄までの時間が短いのがどうにも気になってな」

そう。管理官と私はすでに口裏を合わせている。その結果、上層部には、早稲田の東京警察医療センターに赴き、死刑囚である阿良谷博士と接見した、という事実だけを丸ごと省いて報告していた。

実際、私がそうしたという証拠はないのだ。逮捕された柏木医師にも、阿良谷博士に紹介されてクリニックを訪れた、という事実は明かさなかった。もちろん東京警察医療センターに直接問い合わせされたら隠しようがないけれど、本部が手がかりもなしにそこへたどり着くのはまず不可能だろう。そして、死刑囚と接見して捜査情報を渡した、という部分を除けば、責められるべきは私の単独行動についてだけだ。

「……なぜ氷膳巡査に単独で動くよう指示を？」

「もう知っての通りだろうが、俺と氷膳はちと縁があってな。こいつの両親の事件を担当してからこちら、まあいわゆる親心ってやつで――」

「そんなことを言っているのではありません」

入船係長は苛立たしげに長机を小突く。

「なぜ模倣犯の気づきを本部に報告せず、単独で動くよう捜査員に命令したのか、ということをお訊きしているんです」

きっと管理官がとぼけたのはわざとだろう。口の端を曲げ、

「それはあくまで俺の思いつきでしかなかったから……ってのは言い訳だな。どうも今

の帳場じゃ、俺は煙たがられてるようだからな。会議で出すのを躊躇っちまったのさ。いや、もちろんこれも身から出た錆なんだが。それに、いくら単独捜査は原則禁止とはいえ、近頃は一人でやれることは一人でやれ、って風潮も現場にはあるだろう」

「それでも、これは明らかに度が過ぎているでしょう」

皆川管理官と入船係長――二人は明らかに対立している。もともと反りが合わないというのもあるけれど、おそらく入船係長には、今の捜査本部の実質的なリーダーたる自覚と矜持があるのだろう。

一方その他の面々はというと、本庁組の理事官と四係の寝屋係長は、ひとまずの静観を決め込んでいるようだった。所轄組の江東署長と副署長は、これが自分たちの失点になるのでは、と戦々恐々としている。私の直属の上司に当たる刑事課長は、恐い目でこちらをにらんでいた。先日も大目玉を食らったばかりだけれど、このあとも再びどやされてしまいそうだ。

「……いや、たしかに入船係長の言う通りだ。危うく捜査員を犠牲にするところだった。氷膳を一人で行かせたこと含め、諸々すべて俺の責任だ。すまなかった」

入船係長の追及を柳のようにのらりくらりとかわしていた管理官は、やがて神妙に頭を下げてみせた。単独行動を指示したという点だけに限れば大したお咎めはない。そう踏んでのことだろう。

入船係長はくっと奥歯を噛んだ。そして一瞬、鋭い視線を私のほうに向けてくる。

係長は明らかに、私たちの間に何か別の後ろ暗いところがある、と疑っている。たしかに、「意見を仰ぐために出向いた先の研究者が偶然犯人だった」という私たちの報告は、あまりにもできすぎている。そこには何かしらの必然があった、と考えるのが普通だろう。それでも証拠がない以上、追及のしようはないはずだ。

そこへ、

「――皆川。以上か？」

長机の中央に陣取って腕を組み、じっと沈黙を保っていた葛木理事官が言った。年齢は皆川管理官とほぼ同じだけれど、体格は打って変わって細い。顔つきも狐のような細面で、私が言うのもなんだけれど、表情がほとんど動かないので、何を考えているのかまるで読めなかった。

皆川管理官は真面目くさった顔つきで頷いた。

「ええ、以上です。葛木さん」

「理事官！」

なるほど、と思う。

どうやら管理官は、あらかじめ理事官に手を回しておいてくれたらしい。失礼ながら現場での評判はあまりよろしくない管理官だけれど、上へのそれは悪くないようだ。

そして理事官は課長の補佐、すなわち本庁捜査一課のナンバー2に当たる。彼が課長に上奏した内容が、あくまで表向きの真実になる。入船係長はそれがわかっていて、だから噛み付いたのだ。

それでも、どうやらこの場の裁定は管理官側へと傾いたようだった。

「捜査員に単独行動をさせたことも、したことも不用意だった。以後、注意するように。皆川、入船。両名は捜査本部の体制を速やかに是正し、連絡を密にせよ」

了解です、と管理官。係長は悔しげな表情のまま何も言わなかった。

「ともかく、捜査は一歩前進した。引き続き犯人の検挙に向け、捜査員一丸となって全力で捜査に当たれ。──以上だ」

私はちらりと目だけで管理官を見る。すると、管理官もこちらを見て口の端を上げた。

……ひとまずは何とかなったらしい。

そう考え、小さく息をついた私は、あまりにも浅はかだった。

2.

会議室をあとにした私は、捜査本部が設置されている講堂に向かった。入院したり、その後は安静にするため休みを取ったりしていたので、本部に顔を出すのは実に四日ぶりだった。

けれど。

私が講堂に入ると、そこには妙な空気が漂っていた。本庁の捜査員たちが皆、どこか私のことを遠巻きにし、剣呑な視線を向けてくる。所轄の同僚たちは声をかけようとタイミングをうかがっているけれど、本庁組の手前それができないような雰囲気だった。

すぐに私は事情を察した。思えば当然の結果だ。警察の捜査は、何より組織力が要になる。足並みを乱すような捜査員は、いるだけで士気を下げるのだ。疎まれてもしょうがない。

とはいえ、居心地が悪いからといって回れ右をして講堂を出ていくわけにもいかない。なるべく目障りにならないよう頭を引っ込めながら、私は後方の席に座った。

けれど、

「――おう、お前が氷膳か。ずいぶんとご大層な名前だな、ええ？」

突然、そんな野太い声が講堂の前方から上がった。

「単独で被疑者（マルヒ）を取り調べて、その場で緊急逮捕（キンタイ）決めたらしいじゃねえか。派手にご活躍だなあ、おい」

声高にそう言って、周囲の注目を引きながらこちらへやってきたのは、背の低い五十絡みの刑事だった。押し出しの強い太い眉に低い鼻をしており、その細い目から放たれている光は、まるで闇夜で獲物に狙いを定める猛禽のように鋭い。ややくたびれたスーツも、まさに百戦錬磨の叩き上げといった風情だ。

本庁捜査一課四係の主任を務める、仙波和馬警部補だ。

捜査本部の主な捜査員の顔については、初日に頭に入れてあった。その中でも仙波主任は、その捜査の剛腕ぶりで本庁でも有名らしい。

昨年末、赤羽で発生した暴力団の構成員による強盗殺人事件も、組織犯罪対策四課が先んじて動いていたにもかかわらず、彼が率いる仙波班がそれを出し抜いてあっという間に証拠を固め、立ち寄り先で被疑者を逮捕、身柄を送検してしまったという。その横紙破りぎりぎりのやり方はたびたび問題視されるものの、常に検挙率は本庁刑事部でもトップクラスを維持しており、その結果でもって周囲を黙らせているのだとか。

私は一瞬開きかけた口を閉じ、視線を斜めに逃がした。……あれは取り調べではなくあくまで聞き込みだったし、まして私は緊急逮捕なんてしていない。けれど、そんなことをこの場で口にしたところで言い訳がましいだけでしかない。

すると、私のすぐ目の前までやってきた仙波主任は鼻を鳴らし、

「おい、ちょっと面貸せ」

廊下のほうへあごをしゃくった。そして私の返事も聞かず、ずかずかと歩き出す。

……一体どんな用件だろう。まさか校舎裏の不良よろしくシメられることはないと思

うけれど。

　不安になったものの、生憎まだ午前の捜査会議が始まる気配もない。周囲から露骨に注目が集まり、さすがにその場にとどまりづらかったこともあって、私は席を立った。

　仙波主任は喫煙コーナーにいた。管理官と同じように煙草を吸うのかと思いきや、ただベンチに腰かけているだけだ。さっさと来い、とばかりに睨めつけると、そばにやってきた私に向かって、

「お前、あの風見鶏の管理官とどういう関係だ？　あいつの女なのか」

　と言った。

　いきなりそんな質問が来るとは思わなかった私は、さすがに鼻白みながら、

「いえ、まさか」

　と、かぶりを振る。

　その返答を信じたのか、それとも最初からどうでもよかったのか、主任はそれ以上その件で追及してはこなかった。ただ、とにかく私の態度自体がひどく気に入らない様子で、

「……澄ました顔しやがって。どうせあの融通のきかない、そのくせ肝心なときに弱腰のインテリ眼鏡じゃ、大したお咎めもなかったんだろう」

　そう言って目を細めた。インテリ眼鏡というのは、きっと入船係長のことで間違いな

いだろう。

入船係長は仙波主任の直属の上司に当たる。けれど仙波主任は、自分の上司にあまりいい印象を抱いていないらしい。警察組織では警部補と警部は得てして反りが合わないというけれど――大抵の場合、警部補は現場職で、警部は管理職だからだ――二人もその例にもれないらしい。

「……おい。お前、刑事を舐めてんのか？」

仙波主任は私に、それだけで人を殺せそうな眼光を向け、凄んだ。私は後ろめたさでうつむいてしまう。

「……いえ、そんなことは」

きっと主任は、出世や功名心のために私が抜け駆けをしたと考えているのだろう、と思っていた。いくら私自身にそんな気はなかったといっても証明はできないし、何より、私は捜査員全員で調べ上げた捜査資料を正しい手続きに則って運用しなかった。たとえそれが仙波主任の与り知らぬことだとしても、非難には返す言葉がなかった。

けれど主任は再度鼻を鳴らすと、そんな私の浅はかな考えを見抜き、即座に否定した。

「いいや、お前は舐めてるんだよ。現に、俺の言わんとしてることが何一つわかってねえだろう」

「それは……」

どういう意味ですか？　と上目遣いで問うと、主任は言った。

「被疑者への聴取も逮捕も、お前が山っ気を出してやったってんなら別に構いやしねえんだ。たしかに捜査は組織で行うもんだがな、本物の刑事ならその中でも、きっちり自分の手柄になるよう立ち回ってナンボだ。所詮犯人なんざ挙げたモン勝ち、やり方への難癖なんざ聞くに値しない負け犬どもの遠吠えでしかないんだからな」

豪快な刑事論に、私は目を白黒させつつも疑問に思う。では一体、私の何が責められるべきなのだろう。

戸惑いの視線を投げかける私に、主任は再び目つきを鋭くし、

「……俺が心底気に入らないのはな、じゃあ、お前は一体何のために刑事をやってんのかってことだ」

その瞬間、私は胸を一突きにされたような気分を味わった。

「刑事ってのは大抵、絶対に犯人を許さねえって気概を持ってるもんだ。罪を犯したクソヤロウは野放しにはしない、必ず捕まえて牢にブチ込む、ってな。だが、お前からはそれを小指の先ほども感じない」

……これが百戦錬磨を誇る、本庁捜査一課主任刑事の眼力なのだろう。江東署の刑事課にも、もちろんベテランの刑事はいるけれど、仙波主任はやはりくぐった修羅場の数が違うらしかった。

「要するにお前は、功名心でも正義感でも動いてない。ただ、上司の命令と組織の論理に従って黙々と仕事をしてる——それだけだ。そんなもの、刑事としちゃ下の下だ。見ていて虫唾が走る」

何も言えないまま立ち尽くす私に、

「賭けてもいいが、お前は早晩、警察を辞める」

仙波主任は容赦なく事実を突き付けるように言った。

「そもそも箸にも棒にもかからねえ無能なら、とうの昔に行き詰まってたはずだ。なまじ頭が回って、何でもできちまうから、今日まで持ってたってだけだろう」

「……どうして」

そうとわかるんですか、と続けたかった。けれど、うまく言葉が出てこない。

それでも主任は私の意を察し、かすかな自嘲とともにこう言った。

「は。こんなキツくてしんどい、そのくせ見返りの少ない仕事、できるからってだけでいつまでも続けられるはずがねえだろう」

これ以上ないほど説得力のある言葉が肩にのしかかってきて、私は押し黙るしかなかった。警察官——中でも刑事の仕事は、想像を絶する激務だ。普段から書類仕事に忙殺され、ひとたび事件が起これば休みは文字通りゼロになる。二十四時間態勢で拘束され、自宅に帰れなくなることもしばしばだ。公務員なのでそれなりに安定してはいるけれど、はたして割に合っているのかといえば、正直言って頷けはしない。

「……そうなる前に、さっさと自分から辞めろ。半端モンにいられちゃ、ただでさえガタガタの帳場がますます使い物にならなくなっちまうからな」

言いたいことはそれだけだ、と主任は立ち上がり、私を残して講堂のほうへ歩いていく。

私はうつむいたまま目を閉じ、小さく唇を噛むことしかできなかった。

ひどく打ちのめされた気分を抱えたまま、しばらくして私も本部に戻った。

すると講堂内に、何やら静かなざわめきと緊張感が広がっていた。まるで本部が鉄火場と化したかのような気配に、一体何事かと私が目をしばたたかせていると、

「……本当なのか？」

「……ああ、二係らしい」

すぐそばの席に着いていた捜査員が、そうささやき合うのが聞こえた。どうやら何か捜査に進展があり、その噂が本部内に出回ったらしい。

「――捜査会議を始める」

そのとき前方のドアから、皆川管理官や入船係長たちが講堂に入ってきた。全員が起立する。私もすぐに目立たない後方の席に着いた。

礼のあと、捜査員が着席してから、入船係長はこう告げた。

「つい先ほど、本件の被疑者とおぼしき人物が浮上した」

3.

驚きよりも、戸惑いがまず先に来た。

……ほんの少し前まで、犯人の手がかりどころか、被害者の身元すらわからなかったというのに、模倣犯逮捕からたった数日足らずで被疑者の特定が？

本部が興奮のどよめきに包まれる。私はすぐにペンと手帳を取り出し、報告を一言一句聞き逃さないようじっと耳を澄ませた。

「一同静粛に！——寝屋係長」

入船係長は隣を見やり、マイクを差し出した。

「はい、どうも」

それを受け取ったのは、私からの聞き取りの場にもいた、二係の寝屋善五郎係長だった。

年齢は五十代らしい。けれど、それよりずっと上に見えるのは、やはり刑事としての経験の豊かさゆえだろうか。背は低く、髪もほとんど白に近い。皺が多くやや眼窩が落ち窪んだその顔は、年齢的にはそぐわないけれど、どこか好々爺然としている。物腰のやわらかい、あまり刑事らしくない人物で、こうして捜査幹部の中に混じっていると、少し場違いに感じられるほどだ。実際これまでの捜査会議ではほとんど主張することなく、粛々と本部の方針に従っている、という印象しかなかった。

寝屋係長は小さく咳払いをすると、やはり穏やかな声音で、

「じゃ、報告始めて」

と言った。

その指示に従い、前方の席に座る刑事が返事とともに立ち上がった。寝屋係長直属の部下に当たる、本庁二係の刑事だ。

「まず被疑者の前に、一件目、二件目の被害者の身元が判明したので報告します。一件目の被害者の氏名は関野優香。年齢は二十八歳。住所は文京区大塚。二件目の被害者の氏名は門奈美玲。年齢は三十五歳。住所は目黒区目黒。二人とも《帝新商事》の社員です。所属は営業部。それぞれの家族や知人の面相確認も取れています」

捜査本部が再び小さくどよめいた。私も目を見開く。……あれだけ手がかりのなかった状態から、一体どうやって被害者の身元を？

けれど、中でももっとも顕著な反応を見せたのは、最前に座っていた入船係長その人だった。

「ま、待て。私はそんな報告は聞いていない」

事実上の指揮官は、ややうろたえたように眉根を寄せた。そこへ、

「入船さん。それについては、私のほうから」

寝屋係長が言った。

「これは半ば私の思いつきのようなものがきっかけでしてねえ。というのも、二件目の被害者の口腔内のことなんですが。――親知らずがね、なかったんですよ」

「……親知らず？」

入船係長はもちろん、大半の捜査員たちが眉をひそめる中、寝屋係長はおもむろに頷いた。

「そう、左下のものがね。歯科で処置したのでしょう。ただその治療痕がまだ新しく、どうも妙な生え方をしていたとおぼしきものだった。……私も昔、右下の親知らずを抜きましたが、あれは本当に大変でした。上よりも下が特に面倒なんです。人間動かせるのは下あごだけですからね。それで治療もより難渋するらしいのですが――」

「寝屋係長」

入船係長が遮る。

「あなたの親知らずの話は結構。それで、治療痕について歯科医に問い合わせたと？ですが……」

「ええ。都内すべての歯科医院のカルテを参照することは不可能です。ただ、これだけ面倒な親知らずとなると、処置は一般の歯科医院ではなく、大学病院でやった可能性があるのでは、と考えましてねえ」

おお、と捜査員の間からかすかな感嘆が上がる中、寝屋係長は続けた。

「まあものは試しということで、問い合わせ先を大学病院に絞った上で様子を見ていました。結果、ほんの数日前に、遺体と合致する歯型のカルテが見つかり、二件目の被害者——門奈美玲の身元が割れたわけです」

寝屋係長の目顔での指示を受け、二係の刑事があとを引き取った。

「すぐに門奈美玲の勤務先である帝新商事本社に照会し、本人が一月末の辺りから会社を無断欠勤している裏を取りました。ですがそこでもう一人、別の社員と年明けから連絡が取れなくなっていることがわかりました。それが門奈美玲と同じ課に所属する、関野優香でした。すぐに課の同僚に一件目の遺体を確認させたところ、関野優香本人であると判明しました」

「……その報告が、これまでなかった理由は？」

詰め寄るような入船係長の言葉に、寝屋係長が答えた。

「申し訳ない。捜査本部には、きちんと裏が取れた時点で報告すべきと考えていました。ただそれと並行する形で、三件目の被害者である大橋夕子の遺体が発見されてしまった。

そのタイミングで本部に情報を投入すれば、かえって捜査に混乱をきたしかねない。そう考え、三件目の遺体についての基本捜査に目途がつくまでは、と報告を控えていたのです。ですが、三件目は模倣犯であり、一件目、二件目とは無関係だとわかった。状況が整理され、このたび満を持しての報告となったわけです」

その説明に、入船係長は忸怩たる表情を浮かべた。その様子から、私は状況を察する。

おそらく今の説明はただの方便だろう。

二係は、捜査妨害にならないぎりぎりのところで、意図的に情報を止めていたのだ。この件を、確実に自分たちの手柄にするために。

警察の捜査は組織力が要。それでも組織が人間の集まりである以上、内部には厳然たる競争がある。

今回の捜査本部が四係の入船係長の主導に決まったとき、寝屋係長率いる二係としては当然おもしろくなかっただろう。だからこそ、虎視眈々と四係を出し抜く機会をうかがっていたのだ。そして結果的にその競争意識こそが、被害者の身元特定におおいに寄与したとも言える。

——たしかに捜査は組織で行うもんだがな、本物の刑事ならその中でも、きっちり自分の手柄になるよう立ち回ってナンボだ。

ふと仙波主任の言葉を思い出す。寝屋係長が見せた老獪さ——これもまた、本物の刑事の一つの形なのかもしれない。

その仙波主任はというと、前方の隅の席に座り、腕を組んでしかつめらしい横顔を見せていた。いくら入船係長のことが気に入らないとはいっても、四係の仙波主任としては同じく出し抜かれた形になるわけで、それはそれで気に入らないらしい。

「……必要な情報かそうでないかはこちらで判断します。以後、捜査情報はつぶさに報告するように」

入船係長が険を含んだ声でそう言うと、寝屋係長は、了解しました、と頷いた。

「報告を続けます」

二係の刑事が言った。

「関野優香、門奈美玲の周辺を洗ったところ、被疑者として浮上したのが永里貴寿（ながさとたかひさ）。年齢は五十歳。住所は江東区亀戸（かめいど）。関野、門奈と同じく、帝新商事の営業三課で課長を務めています」

そこで捜査員全員に、対象の写真が配られた。

帝新商事といえば大手の総合商社だ。その本社課長という肩書きの通り、永里貴寿は貫禄（かんろく）のある顔つきをしていた。色黒で、髪はオールバックに撫でつけ、その大きな額と眉、両の目には、これまでの成功に裏打ちされた自信がうかがえる。

「永里貴寿は現在独身。離婚歴あり。社内では女癖が悪いことで有名だったそうです。

被害者である関野優香、門奈美玲とも同時に関係を持っており、職場では公然の秘密だったようです」

たしかに、それが原因で三者間でトラブルに発展した、という可能性はおおいにある。

疑うには充分な火種だった。

「だが、なぜ帝新商事は、社員が二人も消息不明になっているのに家族や警察に届けなかったんだ」

入船係長の質問に、刑事は答えた。

「関野優香はすでに両親と死別し、親類もありません。門奈美玲は唯一母親がいますが、海外の人間と結婚して連絡が取れなくなっています。また、帝新商事本社の営業部はどの課も違法残業が常態化し、消息不明にはならないまでも、不調を訴えたり、休職していたりする社員がいて、これまでに労基署から何度も是正勧告を受けています。関野優香と門奈美玲の無断欠勤もそれが原因であると考え、家族と連絡が取れないのをいいことに、帝新商事は内々での解決を図っていたようです」

日々の仕事が過酷なのは、どうやら警察だけではないらしい。大企業の黒い実態に、入船係長は頭痛をこらえるようにこめかみを押さえ、続けてくれ、と言った。

「永里貴寿は、レクサスのSUVを所有しています。カラーはシルバー。その車種に絞って遺棄現場周辺の地取りを再度行ったところ、一件目と二件目の現場で共通して、同車の目撃情報が上がりました」

次々に上がる有力な報告に、捜査本部にもだんだん逸るような空気が生まれ始めていた。

けれど。

私はふと違和感を覚えた。

「ちなみに永里貴寿の人物像は、ＳＳＢＣが分析で導き出した犯人のプロファイルとも合致しています」

そう、それなのだ。

永里貴寿は五十歳。大企業の本社で課長職に就き、性格もかなり社交的らしい。それは以前、ＳＳＢＣから上げられた犯人のプロファイルと綺麗に合致している。

ただ。

──秩序型、男、高い知能──合っているのはそれだけで、あとはすべて的外れだ。

阿良谷博士は、その分析をことごとく否定していた。

……一体どちらが正しいのだろう。

「以上です」

二係の刑事が着席すると、入船係長は硬い表情のまま隣を見やった。

「管理官」

「ん」

腕を組み、報告に耳を傾けていた皆川管理官は、しばし思案する素振りを見せる。

もちろん管理官には、阿良谷博士の分析の内容は伝えてある。ただ、それをこの場で持ち出すことはできないし、これだけ疑うべき状況がそろった人物をスルーするのも不自然だ。案の定、様子を見るようにこう言った。

「いいんじゃないか」

悔しさでか口元を引き結んでいた入船係長だったけれど、すぐに眼鏡を押し上げ、告げた。

「では本日より、永里貴寿、並びにその周辺を中心に捜査を進める」

4.

それから数日間、捜査本部は前にも増して慌ただしくなった。新たな捜査方針の決定に従い、一件目と二件目の現場周辺の改めての地取りはもちろん、対象である永里貴寿や、被害者である関野優香、門奈美玲の関係者をたどる鑑取り、防犯カメラの映像の再チェック、さらにそれぞれが所有していたはずのスマートフォンの架電やメールの記録の参照などが、各捜査班によって行われた。

二ヶ月近くの暗中模索が終わりを迎えたことで、捜査員たちの顔には一様に精気が漲っていた。日々着々と情報が集められ、会議で捜査の進展が報告される。

けれどその順調さは、かえって私に妙な胸騒ぎを起こさせた。……何かおかしい。すべてが間違っているような気がしてならない。本当にこのままでいいのだろうか。そんな胸のざわめきが日ごと大きくなっていく。

それでも一週間後には、新たな捜査方針の外堀を埋めるデータは、ほとんどが出そろっていた。

まず被害者の自宅や家族から提供されたＤＮＡをもとに鑑定した結果、やはり一件目、二件目の遺体はそれぞれ、関野優香、門奈美玲の二人で間違いないと改めて確認された。

一方、永里貴寿は亀戸のマンションに一人暮らし。噂は本当で、これまでに会社の何人かの女性と関係を持っており、被害者たちもその例外ではないらしかった。

「被害者たちは決して納得しておらず、それまでの関係の清算を迫り、逆上した永里貴寿に殺害された、というのはありそうなことです。早急に、永里貴寿を参考人として聴取するのが妥当と考えます」

午後の——といっても、すでに時刻は日付が変わる直前だけれど——捜査会議で、二係の刑事がそう報告した。会議の進行を仕切っているのは変わらず入船係長だったけれど、捜査の主導はもはや完全に寝屋係長が率いる二係へと移っていた。

入船係長は皆川管理官のほうを向く。状況証拠がここまで積み上げられた以上、その進言を却下する理由はないはずだった。

けれど、管理官は返事をしなかった。腕を組み、じっと考え込んでいる。その様子に入船係長は不審そうな顔つきになり、口を開こうとした。

そのときだ。

「――気に入りませんな」

そんな声が上がった。捜査員たちの視線が集中した先は、前方隅の席に座った四係の仙波主任だった。

「仙波くん。不規則発言は控えろ」

入船係長ににらまれても、仙波主任はどこ吹く風で発言を続けた。

「こいつが女二人を殺したってんなら、わざわざ腹を搔っ捌いて、いくつも内臓を取り出したのは一体どういう理屈です？　袖にされたぐらいで、普通そこまでしますかね」

「仙波くん！」

入船係長が声を上げる。けれどそれを穏やかに制したのは、その隣に座る寝屋係長だった。

「入船さん、よろしいですか」

ゆっくり手を挙げ、好々爺然と言う。入船係長から憮然と差し出されたマイクを、

「はい、どうも」と受け取ると、んん、と咳払いし、

「仙波さん。おっしゃることはわかります。ただ、動機と機会のそろっている人間こそ犯人――その可能性が著しく高いことは、あなたならよくご存じのはずでしょう」

「ふん、そいつはたしかに認めますがね。……ただ、納得できんものはできんのですよ」

上司が相手でも歯に衣着せない仙波主任に対し、寝屋係長は鷹揚な態度を崩さない。

「それだけ腹に据えかねていた、死してなお彼女たちを辱めなければ気が済まなかった、ということでは？」

「いくら人を恨んでみたところで、こんな大それたことをやらかすタマですかね。酔っ払って人を殴った挙句に死なせるのがせいぜいの、つまらん小悪党の顔つきですよこいつは」

鼻を鳴らす仙波主任に、入船係長が不愉快そうに釘を刺した。

「仙波くん、クレッチマーのようなことを言うな。前時代的な差別発言は問題になるぞ」

入船係長の指摘はもっともだけれど、実のところ、私も仙波主任の意見に賛成だった。写真で見る永里貴寿からは、後ろ暗さや不穏さ、そういった内に秘めた何かがまるで感じられなかった。そんな人間が遺体の腹を切り開き、内臓を欠損させるといった方向

へ感情を爆発させるだろうか。……もちろん半人前の私の直感など、当てにならないと言われてしまえばそれまでだけれど。

「人が外見で判断できないことも、あなたならやはりよくご存じのはずですがねえ」

その寝屋係長の一言で、私は本当にわからなくなってしまう。たしかに柏木医師も、あんな猟奇的な殺人を模倣するような人物には決して見えなかった。『まさかあの人が』『信じられない』というのは、刑事事件の関係者が犯人を許するときの決まり文句だ。

仙波主任も返す言葉がなかったのか、腕を組んで沈黙した。寝屋係長は、おもむろに皆川管理官のほうを向いて言う。

「いかがでしょう、管理官。いずれにしろ、これだけ外堀が埋まっている対象を見過ごすわけにはいきません。私はやはり、永里貴寿を任意で引っ張ってみるのがよいかと愚考しますが」

「ん……そうだな」

管理官はそう返事をする。けれどその歯切れの悪さに、私は管理官も引っかかっているのだと察した。原因は、やはり阿良谷博士の分析だろう。それ以外に、理由になりそうなものはない。

ただ、捜査本部内には競争の論理があり、周囲を出し抜くこともまた捜査を進展させる原動力になる。そして今この場は、寝屋係長率いる二係の成果としたたかさを認め、軍配を上げるべきところだ。また、この一週間の捜査員たちの労に報いるべきところでもある。理由もなくそれらを蔑ろにするような判断を下せば、上は信用と求心力を失い、最悪、捜査本部がばらばらになりかねない。上と下の機微を読み、組織を回すことにかけては抜かりのない管理官に、それがわからないはずがなかった。それに……そう。本当に永里貴寿が犯人という可能性もあるのだ。

「わかった。やってくれ。聴取は二係に任せる」

管理官は、そう裁定した。

了解しました、と返事をする寝屋係長の隣で、入船係長は無表情を貫いていた。一方の仙波主任は、露骨におもしろくなさそうな顔で椅子を斜めに傾けていた。

翌日の三月十八日、二係の捜査員たちが永里貴寿の自宅へと向かった。午前中から刑事たちの訪問を受けた永里貴寿は驚き、自分が疑われていることを知ると憤然とし、かなり抵抗したものの、最終的に署への同行には応じたらしい。

警視庁本庁の場合、取り調べは基本的に警部補以上の刑事が行う。もちろん永里貴寿へのそれはあくまで聴取であって取り調べではなかったけれど、実際にそれに当たったのはやはり警部補だった。二係が擁する凄腕の取調官だそうだ。

聴取は基本に忠実に進められた。氏名、住所、年齢、職業に始まり、被害者たちとはどういった関係だったのか、被害者が殺害されたとおぼしき日時、どこで何をしていたのかなど、すでにこちらで調べがついていることも余さず、何回も徹底的に質問していく。

「なるほど。では、二件とも被害者が殺害された日時にどこにいたか、証明はできないと」

最初のうちこそ渋々といった様子で質問に答えていた永里貴寿は、時間が経つにつれて我慢ができなくなってきたらしい。さすがに手は出してこなかったものの、

「それがどうした！　なぜ私が、こんな目に遭わなくてはならんのだ！」

しまいにはそう声を荒らげていたそうだ。

それでもどこ吹く風で二時間ほどの聴取をこなした取調官は、最後にこう切り出した。

「では、もう一点だけ。あなたの指紋と毛髪を提供していただけませんか。疑いを晴らすという意味でも、ぜひご協力を」

穏やかだけれど有無を言わさぬその迫力に、疲れ切っていた様子の永里貴寿は、素直に応じたという。

その二日後——三月二十日。

「永里貴寿の毛髪と、一件目の遺体の腹腔内から見つかった毛髪のＤＮＡが一致しまし

た」

　永里貴寿から任意で提供された毛髪サンプルを科学捜査研究所に回し、ＤＮＡ鑑定を行ったところ、遺体に遺留していた毛髪とＤＮＡ型が一致した、という報告がもたらされた。

「どうやら決まりのようですねえ」

　午後の会議にて、色めき立つ捜査本部の総意を代表するようにそう言った寝屋係長は、皆川管理官に向かって進言した。

「明日、殺人容疑で逮捕状請求を行います。フダが取れ次第、永里貴寿の逮捕を。よろしいですか？」

ひとまず証拠の固い一件目の容疑で逮捕し、そこで自供と物証が取れればよし。取れなければその後、二件目の容疑で再逮捕、という流れだろう。

……本当にこれでいいのだろうか。

この数日間、ずっと頭の片隅にあったそんな考えが、再びざわりと鎌首をもたげた。

そのときだ。

ふと、皆川管理官がこちらを見た気がした。

　寝屋係長が訊く。

「管理官？　どうかされましたか」

「いや、何でもない。やってくれ」

管理官がそう指示し、会議は解散、本日の捜査は終了となった。

帰宅する者、署に泊まり込む者と三々五々する中、私は廊下に出ると、喫煙コーナーに向かった。

するとベンチでは、一足先に講堂をあとにしていた管理官がパーラメントを吹かしていた。さっき会議が引けたあとで、管理官が私にあごをしゃくっていたのだ。

余談だけれど、この喫煙コーナーも来月にはなくなってしまうらしい。望まぬ受動喫煙防止のためとはいえ、喫煙者には辛いところだろう。

管理官は大きくため息をつき、顔を押さえた。

「……リカ子、どう思う」

もちろん喫煙コーナー廃止についてではないだろう。

その質問で、やはり管理官は私と同じ懸念を抱いているのだと確信した。私は言う。

「以前お伝えした通り、阿良谷博士が導き出した犯人のプロファイルと、永里貴寿のそれは食い違っています」

少し間を置いてから続ける。

「三件目の殺人が模倣犯の仕業であることや、そのプロファイルの内容――博士の分析はどれも的確でした。今回だけ無視していいものでしょうか」

指の隙間から疲れた目を覗かせ、管理官は言った。

「だがな、永里貴寿の犯行だってことを示す証拠も歴然だ。逮捕しない理由がない。まして その根拠が阿良谷の分析とあっちゃあ、二係の連中は止められん」

反論できずに私が沈黙すると、管理官はくわえたパーラメントを上下させながらぼやいた。

「……まったく阿良谷のやつめ。いちいちややこしくしてくれるな」

それをきっかけに、ふと思い出した。

「そういえば、彼は管理官が逮捕されたそうですけど」

「逮捕？　阿良谷からそう聞いたのか」

「管理官は、以前は公安にいらっしゃったんですか？」

「は、まさか」

小首をかしげる私に、管理官は煙を吐き出し、

「例の新興宗教のテロ未遂がきっかけで阿良谷が公安に引っ張られたあと、やつが加担した過去の猟奇犯罪については捜査一課が引き継いだ。そのとき、やつを取り調べたのが俺だったってだけだ」

ああ……なるほど。そういう意味だったのか。

パーラメントの灰を落とした管理官は、話を戻すぞ、と声を鋭くした。

「とりあえず現状、永里貴寿の逮捕は止められん。実際、物証のそろい方からすれば、永里は限りなくクロだ。検察も起訴は躊躇わんだろう」

管理官の言う通り、一件目、二件目ともにアリバイがなく、現場周辺で目撃されたのと同じ車を所有し、遺留物とDNA型まで一致したとなれば、起訴はもはや間違いないだろう。その後は司法の場でのことだ。けれど、日本の有罪率がきわめて高いこと――実に九割を超える――は周知の事実だろう。量刑も、猟奇的な手口で複数の被害者を出したとなると、判例に沿えば無期懲役、あるいは死刑も充分にあり得る。

「逮捕は明後日か、明々後日の朝一ってところか」

逮捕状は、裁判官が警察の捜査内容や証拠を吟味するため、請求から発行までにある程度の時間がかかり、数日を要することもままある。けれど、今回の事件の重大性と証拠の固さを鑑みれば、発行にそう手間取るとは思えない。明日か明後日中に発行され、逮捕はその翌日だろう。

そして被疑者が逮捕、送検されてしまえば、捜査本部も解散となる。そうなれば、状況を覆す手立てはほぼなくなってしまう。

「……時間がなさすぎるな。だが、万に一つも冤罪を出すわけにはいかん」

やはり管理官は、私にとってもっとも尊敬する警察官だ。その呟きを聞いて、私は改めてそう思う。証拠にもならない阿良谷博士の分析など、いっそ見て見ぬ振りをしたほうがよっぽど楽だろう。それでも管理官がそうしないのは、犯罪を、そして真犯人を憎んでいるからだ。

できることなら、私もそうありたい。できることなら――。

――要するにお前は、功名心でも正義感でも動いてない。ただ、上司の命令と組織の論理に従って黙々と仕事をしてる――それだけだ。そんなもの、刑事としちゃ下の下だ。見ていて虫唾が走る。

「フダの発行は、俺がなんとか明後日まで延ばす。その間にもう一度、危ない橋を渡ってくれる気はあるか、リカ子。……リカ子？」

パーラメントを灰皿に押し付けながらそう言った管理官は、私のほうを見て眉をひそめた。

「大丈夫か。顔色が悪いぞ。いや、もともとお前はかなり色白なほうだが」

「あ、いえ……」

私は顔を上げ、小さく首を振ってから言った。

「大丈夫です。行けます」

すでに一度危ない橋を渡り、私はそこから転げ落ちかけた。次またしくじれば、今度こそ処分は免れ得ないだろう。

それでも、私は自分自身に証明しなくてはならない。

管理官の言う通り、一人の人間が無実の罪で裁かれようとしているのかもしれない。そして、それを止めることができるのは私以外に誰もいない。それなら私は、決してその可能性を見過ごすことなどしない、と。

けれど。

——賭けてもいいが、お前は早晩、警察を辞める。

まるで振り払えない影のように、それは私のすぐ足元まで迫っているように感じた。

5.

「……君はどうやら僕の想像をはるかに超える、破滅型パーソナリティの持ち主らしいな」

翌、三月二十一日。

東京警察医療センター精神科病棟の地下にある〝研究室〟を訪れた私を出迎えたのは、相変わらずの不機嫌そうな毒舌だった。

聞き覚えのない単語に、房に張られた強化ガラスの前に立った私は訊いた。

「破滅型パーソナリティ？　心理学用語ですか？」

「僕が今作った造語だ。愚か者、と言い換えてもいい」

呼吸をするようにつらつらと皮肉を口にする阿良谷博士は、私が差し入れた大きな椅子に足を組んで座り、本を読んでいた。ベッドのシーツがほとんど乱れていないので、近頃はずっとこちらの椅子のほうで過ごしているのだろう。以前は最初背を向けられていたけれど、今日は正面とはいかないまでも、とりあえずは横を向いている。これも多少の進展と言えるだろうか。

「散々しでかしたあとだ。さすがにしばらくは接見も控えるかと思ったが。どうやら警察官という職業には、よほどこだわりがないらしい」

その皮肉に適当に返事をする余裕も、今はなかった。

例のごとく時間は十五分しかない。私は腕時計を確認してから、一分ほどで簡潔に事情を説明した。

「……博士。永里貴寿は、本当に今回の連続殺人事件の犯人だと思いますか？」

その私の質問に対し、阿良谷博士は膝の上の本のページに目を落としたまま、あっさり断言した。

「違う。その男は犯人じゃない。明らかにこの事件の犯人のプロファイルと食い違っている」

やはり、と頷きたくなる気持ちと、けれど、と反論したくなる気持ちが内心でないまぜになる。

「……ですけど、永里貴寿が犯人であることを示す証拠がいくつも上がって――」

「――その前に」

阿良谷博士はこちらも見ずに、私の質問を遮った。

「前回の接見は、君の質問で終わっていた。だから、今回は僕の質問からだ」

できる限り急ぎたかったけれど、たしかにそういう約束だ。わかりました、と応じると、彼はページをめくってから、

「何があった」

とだけ言った。

「何が？」

あまりにも端的な質問に私が眉をひそめると、博士は事もなげに続けた。

「たった今僕が、警察官という職業にこだわりがない、と言ったとき、君は明らかに表情を変えた。何かあったとしか思えないが？」

私は驚きに目を見開いた。ずっと本を読んでいたのにしっかり表情を読まれていたことが一つ。もう一つは、ほとんど表情に出ないはずの私の変化を見抜かれていたことだ。刑事ならずとも、日々人間の研究をしているせいか、やはり博士も人を見ることにかけては鋭い眼力を持っているようだった。……それにもかかわらず、あまり人間のことが好きではなさそうなところが、何とも捻くれてはいるけれど。

「それは……」

一瞬言い淀む。それでも、やはり阿良谷博士に嘘は通用しそうにない。私は言った。

「……本庁の主任刑事に指摘されたんです。私は、事件の犯人のことを憎んでいないって」

かすかにうつむくように視線を落とし、続ける。

「……きっとそれは間違っていません。そもそも私は、自分の両親を殺害した犯人のこと、すら憎んでいないから」

自分自身の言葉が、胸に刺さる気分だった。それでも普段押し込めている反動でか、言葉に弾みがつき、止まらなかった。

「……両親が殺されたあと、私は十条にある児童養護施設に預けられました。施設の子供たちはみんな仲が良くて、いじめもありませんでした。先生たちも、とても親切だった。学校でもそれなりに友人もできましたし、勉強も運動も苦手じゃなかった。……両親が殺されてからも、私はずっと幸せだったんです」

日常からかけ離れた空間で胸の内を吐露しているこの状況に、私はだんだん告解でもしているかのような気分になっていく。

「もし私に両親と過ごした記憶があれば、二人を奪った犯人のことを憎んだかもしれません。あるいは毎日が辛くて苦しければ、そのきっかけを作った犯人のことを恨んだかも――。けれど、両親への深い愛情も、さしあたってのわかりやすい不幸も、私にはなかった。だから今でも、犯人をうまく憎むことができないんです」

物心ついてからというもの、

――可哀想に。

――元気を出してね。

私は他人からそう言われることが多かった。ただ、私は特に不幸を感じていないし、言われるまでもなく元気だった。正面切って否定するわけにもいかず、そのたび私は表情を変えずにただ口をつぐんでいることしかできなかった。内心で、小さく首をかしげながら。

けれど。

そのこと自体に、だんだん言いようのない引け目を感じ始めたのは、警察官になってからのことだった。

仙波主任も言った通り、警察官は皆、多かれ少なかれ犯人のことを憎んでいる。けれど私は、自分の両親を殺した犯人すら憎むことができない。そんな人間が、のうのうと警察官を名乗っていていいのだろうか、と。

だから私は、せめて自分が理想とする警察官らしく振る舞うことで、その引け目を解消しようと努めてきた。自分の身を顧みず、職務に邁進していれば、きっといつか犯罪と犯人を憎む警察官になれるだろう、と。

　それでも。

　未だ私は、そんなふうになれてはいない。そしてそれは、本物の刑事の目にはさぞや半端に映っただろう。そんな人間がいつまでも続けていられるほど警察官が甘い職業でないことは、私もこの一年で改めてよくわかっていた。

　すべてを語り終えた私は、小さく息をついた。きっと博士は、その程度のことか、と一笑に付すだろう。もちろんそれは構わないけれど、私個人から引き出す情報に価値がないと思われれば、事件の分析をする代わりとして、さらに別の条件を出されるかもしれない。それだけは何とか避けたい――私はそう考えていた。

　けれど、違った。

「……何を今更。君が犯人を憎んでいないなんてことは、最初からわかってたことだ」

「え？」

　不機嫌そうなその声に、私は顔を上げた。まさかそんなはずが、と多少の反感を込めて見つめると、博士はページをめくりながら事もなげに言った。

「仮にも警察官が、これだけ自由にやっている死刑囚を前にすれば、普通は不快感や敵意を抱くはずだ。だが君は僕に対して、警戒心こそあれ不快感や敵意の類はまるで持っていない様子だった。だから、警察官としてはかなり異質なパーソナリティの持ち主であることはすぐに想像がついた」

「………」

言われてみれば納得の理屈に、私がミッフィーのように押し黙っていると、博士はさらにずけずけと続けた。

「そもそも君みたいなおかしな人間は、どうせ職場でも浮いているに決まってる。自責の念に耐えかねることより、周囲との不和と軋轢をまず先に心配すべきだ」

心外だと思ったけれど、実際こうして彼の元を訪れたことをきっかけに捜査本部に不和と軋轢をもたらしたことは事実だったので、何一つ反論できなかった。

それに――

「……あの、阿良谷博士。ひょっとして、元気づけてくれているんですか？」

私の勘違いでなければ、そのぶっきらぼうな言葉には、どこか気遣わしげなニュアンスが含まれているように思えた。

けれど返事にすら値しないとばかりに、

「――君の番だ」

阿良谷博士は自分の番を終えた。私もそれ以上は追及しなかった。きっと答えは返ってこないと思ったし、今は時間が惜しかったからだ。

他人に話したせいか、ほんの少し――それこそ綿毛程度に気持ちが軽くなるのを感じながら、私は訊いた。

「永里貴寿の人物像は、たしかに博士の分析した犯人のプロファイルと合致しません。その一方で、彼が犯人であることを示す状況や物証も上がっています。これらはどう説明すれば？」

阿良谷博士はようやく本を閉じると、椅子を回転させてこちらを向いてくれた。いつもの半眼で私を見つめ、何気ない様子で衝撃的な一言を放つ。

「その証拠は捏造されたものだ」

「捏造？」

訊き返す私に、博士は続けた。

「犯人は、永里貴寿の周囲から被害者を選んだんだろう。殺害から遺体遺棄までに時間をかけたのも、今なら死亡推定時刻の幅を広く取らせ、永里貴寿にアリバイを作らせないためだったとわかる。車は永里貴寿のそれと同じ車種をレンタルすればいいし、防犯カメラのない道も探せば必ずある。毛髪はあらかじめ採取して、現場に残しておけばいい。一件目だけそうした、というのがいかにも周到だ」

「……つまり永里貴寿は、真犯人によってスケープゴートにされたということですか？」

私は言葉を失った。阿良谷博士の分析が正しいのだと仮定し、理屈通りに考えれば、結論はそれしかあり得ない。けれど一件目の殺人のときからすでに、永里貴寿を身代わりにするために動いていたのだとすれば、犯人はやはり恐ろしいほどの知能を備えた人物ということになる。

「真犯人は、永里貴寿に近しい人物ですか？」

「間違いない」

博士は肘掛けに頬杖をついた。

「それじゃ、彼に恨みを抱いている人物が？」

「いや、その可能性は低い。この犯人のパーソナリティからして、むしろ純粋に、警察の捜査を掻い潜るのに都合がよかったからだろう」

気持ちが逸るけれど、結論に飛びつきそうになる自分を何とか抑えた。……今のところ、博士の分析には確かな物証がない。まだ慎重に考えるべきだ。

少し考えてから訊いた。

「そういえば前回は訊けませんでしたけど、この犯人は一体なぜ被害者の腹を開いて、内臓を取り出すんでしょう？」

博士は間髪を入れずに答えた。

「おそらくそれも、『バーウィック事件』と同じだろう」

「……バーウィック事件と？」

以前博士が今回の事件と似ていると指摘した、かつてコロラド州で発生した猟奇殺人未遂事件だ。

「快楽殺人者や大量殺人者たちは余人に思いつかないような複雑な行動を取ると思われがちだが、データをもとにタイプ分けすれば、むしろ画一的で、驚くほど同じような行動を取っている。さらにその趣味や嗜好も、かなりの確率で似通っている。だからこそ行動科学や犯罪心理学の類が成り立つわけだが――」

すらすらと講義のように語られる博士の説明を、私は例のごとく一言一句記憶する。

「バーウィック事件の犯人であるエドワード・ナイルズは、子供の頃から昆虫採集が趣味だった」

「昆虫採集？」

ずいぶんと牧歌的な趣味に思わず小首をかしげると、

「そしてそれ以上に、採集した昆虫を丁寧に解体したり、体節を裂いて中の器官を取り出したりすることを好んだ」

目を見開く私に、博士は言った。

「教師のナイルズが教え子の少女二人を誘拐したのも、どうしてもそれを人間で試してみたいと思ったからだと証言している。欲望をエスカレートさせ、殺人に至る。典型的な快楽殺人者の傾向だ。同一の手口と傾向からして、まず間違いなく今回の犯人も、同様の趣味嗜好を持っている」

命に対する価値観や善悪の基準が曖昧なため、子供は残酷なことも平気でする。捕まえた虫を死なせてしまった経験ぐらい誰しもあるだろう。けれど、それを長じてからも続け、さらに人間を対象にする。人間を昆虫のように殺し、弄ぶ。それがたまらなく楽しい――。

口元を引き結ぶ。……それは私たちの暮らす社会において、絶対に許されない行為だ。

今回の事件の犯人は、慎重かつ抑制のきく人物。だからこれまでは欲望を発散させつつも、ぎりぎり目立たない殺しに徹してきた。けれど、何らかのきっかけで心理的な変化が生じて歯止めがきかなくなり、より欲望に忠実な殺人へとエスカレートさせた。

私は口元にこぶしを当てて考える。

となると、やはりわからないのは、犯人の変化のきっかけは一体何なのか、ということ。

そして、

「……博士。前に聞いた分析に従って、過去に同じような手口や被害者の殺人が起きていないか調べました。けれど、該当するような未解決の連続殺人事件は見つかっていません」

永里貴寿がマークされていた一週間、私もただ遊んでいたわけではない。

以前博士から聞かされた分析が正しいかどうか、私は署の端末から警視庁のデータベースにアクセスして、それらしい連続殺人事件がないか何度もさらってみた。けれど、それらしいものは見つからなかった。

「一応、条件に該当しそうな事件が一件だけありました。もう二十四年も前の事件ですけど、被害者の名前は須藤香苗。年齢は当時二十六歳。職業は看護師。その年の二月、大田区蒲田の裏路地で、ひも状のもので首を絞められて殺害されているのが発見されました。首筋にはスタンガンの火傷の痕があったそうです。勤めている病院が同じ蒲田にあり、帰宅中を襲われ、その場で殺害されたと見られています。現場に遺留物は一切なく、犯人も未だ捕まっていません」

私は手帳を取り出し、メモしてきた内容を読み上げた。けれど、他に該当する事件がない以上、これもはたして関係があるのかどうかはわからない。

ただ、阿良谷博士は椅子の上で片膝を立てると、

「連続殺人の現場が、都内だけではないとすれば？」

と言った。

「え？」

「この犯人は頭が切れる。人を殺せば、それが警察のデータベースに登録され、今後同じような殺しがやりにくくなることは承知していたはずだ。だが、現場を別の道府県に

移せばその限りじゃない」

　思わず私は目を見開いた。これも一種の職業病だろうか。警視庁管内で起きた連続殺人——そんな意識が頭にあったせいで、すっかり過去の事件も都内でのものに絞って考えていた。

　警察は各都道府県ごとに組織が完全に独立している。二重行政をなくして無駄を省くためだったりと理由はいくつかあるけれど、その結果、事件の情報もそれぞれが独自に管理、運用しており、完全には共有されていない。犯人が捜査の網を掻い潜るべく、その縦割り組織の弊害を逆手に取った可能性はおおいにある。

　それでなくとも、各道府県を跨いだ殺人が一人の手による犯行だなんて、被害者に共通点でもない限りまず考えられないだろう。都内で該当する事件が一件だけという事実も、逆にそれを裏付けている。二十四年前の須藤香苗殺害——それだけが都内での殺人であり、これと同じような犯行を別の道府県で一件ずつ重ねていったのだとすれば……。

「——僕の番だ」

　博士は片膝の上に頬杖をつき直し、言う。考えにのめり込んでいた私は、慌てて顔を上げた。腕時計を見ると、残り時間はすでに三分しかない。

「君は、どうして刑事になったんだ」

　え、と戸惑いの声がもれた。

「それは、前にも答えたと思いますけど……」

常人離れした記憶力を持つ博士が、まさか忘れてしまったのだろうか？　そう思っていると、

「違う。以前に聞いた皆川の影響というあれは、あくまで君が警察官になった理由だ。刑事になった理由じゃない」

虚をつかれ、私は瞬きした。

けれど……言われてみれば、たしかにその通りかもしれない。

公共の安全と秩序を維持し、個人の生命と身体と財産を保護することが警察官の仕事だ。そしてそれは、別に刑事課の専売特許というわけではない。地域課や交通課などいずれの部署であっても、役割は違えど決して変わることはない。

それなのに、どうして私は、強盗や殺人事件を捜査し、その犯人を検挙する刑事になったのだろう。……自らの引け目のため？　より危険がともなう環境に身を置いて、それをごまかしたかったから？　いや、それならもっと危険な職務を担当する部署だって、いくつか心当たりはある。

では、なぜ？

残り時間は、あと二分。

それでもなんとか答えを出そうと私が自問していると、ふと、

「――子供の頃、よく母に殴られた」

まるで独り言のように、そんな声がかけられた。

このとき、どうして博士がこんなことを語り出したのか、未だに私にはわからない。

私の自問に助け舟を出して興味のある情報を引き出すためか。それとも、何か別の目的があったのだろうか。ただ私の見間違いでなければ、過去を語る博士の目には、いつにないかすかな感傷の色が浮かんでいるように思えた。

「僕は物心ついた頃から母と二人で暮らしていた。母は穏やかな人だったが、時折ひどく荒れた。生活に疲れていたのか、それ以外の理由があったのかはわからない。ただそうなったときは、いつも何度か僕を殴った。そしてその後、泣きながら僕に謝った」

二の句を継げないでいる私から視線を外したまま、博士は変わらないペースで話し続ける。

「僕が小学生のときのことだ。その母が人を殺した。働いていたスーパーから帰る途中、通りすがりの人間三人を包丁で刺してだ。母はそのまま包丁で自分の喉を突き、呆気なく死んでしまった。そのときになって、僕はようやく悟った。自分には殴られてやる以外に、母にもっとすべきことがあったのだ、と」

淡々としていて、かえって凄絶さを感じさせるその話に、私もまた淡々と訊いた。そうすることが、一種の礼儀であるような気がした。

「それじゃ博士は、お母さんと同じような人を治療するために、研究を？」

「いや」

違う、と博士。

「僕は別に母を治したいと思ったわけじゃない。なぜそうするに至ったのか、知りたいだけだ。理解し、その意思を酌む――それだけでいい」

「…………」

「ただ母の犯行時の心理には、いくら分析を重ねても未だにいくつか腑に落ちない点がある。まだまだデータが足りないんだ。既存の研究が答えを用意してくれない以上、僕は自らサンプルを集める必要があった。母の意思を酌むには、それしかなかった」

そのために。

彼は罪を重ね、死刑囚となったのか。

「……怖くはなかったんですか。あれだけの犯罪に加担した以上、逮捕されれば死刑になることはわかっていたはずです」

博士は頬杖をついたまま不機嫌そうな半眼で私を見て、言った。

「……死ぬことなんて怖くはない。むしろ、死ぬまでに何もわからないままでいることのほうが、何よりも恐ろしい」

私は再度、言葉を失ってしまった。

そんな理由でここまで大それたことを、と呆れることは簡単かもしれない。けれど、私にはそうできなかった。なぜなら――

「君もそうじゃないのか」

博士に事もなげに言われ、私は目を見開いた。こちらの心の奥底まで見通すような半眼と、目が合う。

「両親を殺害した犯人に憎しみはなくても、それでも、なぜ？　という疑問はあるはずだ。なぜ両親は殺害されたのか？　なぜ自分だけは見逃されたのか？　君はそれを知りたいんじゃないのか」

自身の研究のため、ひいては亡くなった母親の意思を酌むために、阿良谷博士は社会正義に悖る行為に手を染めた。

けれどそれは、自身の引け目のために警察官としての規程から逸脱した捜査手法を取った私と、本質的にどれだけの違いがあるだろう。

そう、私もまた博士と同じだ。

どうして両親だけが殺され、私は見逃されたのか。私はどうして今も生きているのか。どうしてもその答えを知りたい。だから、私は刑事になった――。

ああ、と思う。

その気づきは私の胸に、まるで砂地に落ちた慈雨のごとく深く沁み込んできた。目頭が熱くなり、こらえようとする間もなく右目から一粒だけ雫が頬を伝ってふっと落ちる。私は慌てて目の縁を指で押さえた。……涙。そんなものが出るのは、一体いつ以来のことだろう。それも人前でだなんて。

「――時間です。退出してください」

スピーカーから青柳医師の声がする。今回は、必要なことはすべて訊けた。私は大人しくそれに従う。

メイクが崩れないよう小さく目元を拭うと、呼吸を整えてから顔を上げた。心持ち、姿勢を正して言う。

「ありがとうございました、博士」

博士は何も言わず、私を追い払うように手を振ると、再び椅子を回転させて横を向き、読みさしの本を開いた。

……この人がいつも不機嫌そうな顔をしているのは、ひょっとしてただの照れ屋だからではないだろうか。

ふとそんなことを思った私は、人知れず噴き出したくなるような気持ちになった。
◇
東京警察医療センターを出ると、私はすぐに皆川管理官に電話をかけ、博士との接見で得られた成果を報告した。

「——わかった。よその県に該当する事件があるかどうか、俺のほうで問い合わせておく」

管理官なら各道府県警にも伝手があるだろう。よろしくお願いします、と頼み、

「私は永里貴寿の周囲に、博士の分析に合致する人物がいないか調べてみます」

「おい、まさかお前一人で鑑取りする気か？」

管理官は呆れたように言った。たしかに縁故捜査を行うには人手が足りなさすぎる。

それでも時間がない以上、何もせずに手をこまねいているわけにはいかない。

けれど、管理官はややあってから、

「いや、リカ子。今日のところはひとまず本部に戻ってこい」

無言で抵抗の意思を伝える私に、

「安心しろ。まだぎりぎりチャンスはある」

電話の向こうで口の端を曲げている——そんな声音で続けた。

「ちまちまやってる暇はないんだ。この際、被疑者本人に直接訊け」

「え？」

スマートフォンを耳に当てたまま、私は目をしばたたかせた。

6.

その二日後の三月二十三日、捜査本部はついに永里貴寿を、一件目の関野優香殺害の容疑で逮捕した。

けれど本庁捜一課長と江東署長が同席した記者会見では、被疑者の性別と年齢だけが発表され、氏名は伏せられた。おそらく皆川管理官が慎重を期すよう裏で手を回したのだろう。永里貴寿本人が容疑を否認していること、家宅から犯行を示す物証がまだ出ていないことも、それを後押ししたのかもしれない。

それでも捜査本部には、これでようやく終わった、という弛緩した空気が漂っていた。午後の会議終了後には捜査員一同、久々に晴れやかな顔つきになっていた。

そんな中、私は江東署の四階にある留置場へと向かった。時刻はすでに午後十一時を回っており、当直の人間以外はほぼ署をあとにしている。

警察に逮捕された被疑者は、四十八時間以内に検察に身柄を送致される。その後、検察は起訴か不起訴かを決めるために、さらに最大二十日間、被疑者を勾留して取り調べを行う。つまり永里貴寿も、早ければ明日には検察に送致されるかもしれない。直接話を聞く機会は今しかないのだ。

被疑者が女性の場合、基本的に女性警察官が立ち会う決まりになっている。だから私は取り調べに立ち会う機会が比較的多い。ただ、それは三階の取調室でのことだ。留置場に入るのは、実のところこれが初めてだった。

「被疑者から話を聞けるよう、俺が取り計らっておく。頼むぞ」

皆川管理官はそう請け合ってくれたけれど、正直言って私はかなり不安だった。というのも、留置場は刑事課ではなく警務課の管理下にあり、それは刑事が被疑者を違法に取り調べること——要するに、今まさに私がやろうとしていることを防ぐためでもある。つまり、私は今他部署の職域を侵すという、ある意味で単独捜査以上に危険な行為に手を染めているのであり、もし管理官の工作が首尾よくいっていなければ、それだけで一巻の終わりなのだった。

「……失礼します」

留置担当官が詰めているはずの事務室をノックし、一声かけてからドアを開ける。すると六畳ほどの広さの事務室ではデスクが島を形成しており、そこに制服を着た担当官が一人だけ座っていた。当直は複数で行うはず、他の担当官はどこにいるのだろう、と私がなんとなく辺りに目を配っていると、

「お前が氷膳か」

担当官は席を立ち、私の顔を見て言った。

「たしか、黒森巡査部長ですね」

江東署の署員は三百人程度なので、皆どこかで見覚えのある人間ばかりだ。その中でも彼は一際異彩を放っているので、より記憶に残っていた。

黒森傑。年齢は三十代。背が高く、痩せぎすだ。尖ったあごのラインに、落ち窪んだ眼窩で、口元にはなぜかいつも不気味な弧を浮かべている。夜中に廊下でばったり会ったら、魂を奪いに来た死神と勘違いしそうな風貌だ。

私が何か言う前に、黒森担当官は口の端を上げ、

「ああ、安心しろ。他の連中には先に仮眠を取らせてる」

と言った。

「先に言っとくが、接見室は使わせられない。被疑者との話は直接房の前でやってくれ」

どうやら問題なく管理官から話は通っているらしい。ありがたかったけれど、事がうまく運びすぎていて、それはそれで少し疑問だった。バレれば懲戒処分は免れ得ないことは、彼も承知しているはずなのに。

「あの、どうして私に協力してくださるんですか？」

「退屈だからな」

黒森担当官は肩をすくめ、実に率直な答えを返してきた。瞬きする私に、低く喉を鳴

らすように笑ってみせる。

「人間適度にハメを外すのが、仕事を長く続けるコツだ。別に憶えておかなくてもいいがな」

不自然さのない、妙に堂に入った軽薄さ、とでも言おうか。だからこそ、彼は本気でそう言っているのだと思えた。

「ただ何かあったときは、俺もほっかむりを決め込む。お前をかばったりはしないから、そのつもりでいろ」

「はい。それで大丈夫です」

私がそう応じると、黒森担当官は再度不気味に笑い、

「ふてぶてしいぐらいに堂々としやがって。刑事課の雪女の噂は伊達じゃないらしいな」

「えっ」

私は頓狂な声を上げてしまった。一体いつの間にそんな噂が……と思ったけれど、ここ二週間余りの私の行動を鑑みれば、推して知るべしかもしれない。明日からが思いやられ、思わず額を押さえたくなっていると、

「ま、なかなか厄介なことになってるみたいだが、せいぜい楽しめ。クビにさえならなきゃどうにでもなる。警察もヌルいぜ」

警察官にもいろいろなタイプの人間がいる——そう考えていたつもりだったけれど、

私はその認識を新たにした。

　黒森担当官は事務室の反対側のドアを開けた。

　すると、そちらは留置場の廊下になっていた。すでに就寝時刻を過ぎているため薄暗い。クリーム色の床と、白い格子で区切られた留置房が並んでいるのがうっすら見える。同時に、やや独特の饐えた匂いが鼻先をかすめた。

「角を折れて、左手五つ目の独居房だ。接見時刻は終わってるから滅多なことはないと思うが、なるべく手短に済ませろ。そうだな。とりあえず十五分ぐらいにしておけ」

「わかりました」

　十五分間での接見なら近頃場数を踏んで慣れている。腕時計で現在時刻を確認すると、私は薄暗い廊下に踏み出した。

　なるべく足音を立てないように角を曲がり、数えて五つ目の房の前で止まる。ここのはずだ。

「――永里貴寿さん。起きていらっしゃいますか」

　格子の向こうへ声をかける。するとややあってから、四畳半程度の広さの房内で、寝転んでいたとおぼしき人影がむくりと身を起こした。

「……誰だ？」

　警戒心を含んだ返事に、私は声量を抑えるため、その場にかがみ込んだ。

「刑事です。けれど安心してください。あなたが犯人でないのなら、私は敵じゃありません」

房内から返ってきたのは、濃い疑いを含んだ沈黙だった。とはいえ、それも当然だろう。朝一番で突然刑事に逮捕され、計十時間近くも過酷な取り調べを受けたばかり。そこへ刑事がやってきて、敵じゃない、などと言われたところで、はいそうですか、と頷けるはずがない。いわんや自分の名前すら名乗らない相手に対してをや、だ。ただここで名前を出してしまうと、彼が後々の取り調べで私のことをもらす可能性がある。心苦しいけれど、このまま押し通すしかない。

「……おい、これは何だ？　人を無実の罪で逮捕しておいて、一体今度は何の冗談だ⁉」

たちまち声高になる永里貴寿を、必死でなだめた。

「すみません。もう少し声を落としてもらえますか。……とにかく時間がないので手短に訊きます。あなたは殺人の容疑を否認していますけど、それは真実なんですね。あなたは誰も殺していないし、それに加担してもいない。それで間違っていませんね」

永里貴寿は激昂せんばかりに、

「あ、当たり前だ！　私は誰も殺していない！　何度そう繰り返せば気が済む⁉　それなのに、き、貴様らは、私がやったと決めつけて――」

私はすぐに言った。

「わかりました。ひとまず私は、あなたの主張を信じます」

体温の低い私の声に冷や水を浴びせられた気分になったのか、永里貴寿はすぐに沈黙した。けれどしばらくして、毛足の短い絨毯敷きの房内を膝でこちらににじり寄ってくる気配があった。

常夜灯に照らされた永里貴寿の顔は、薄暗いせいもあるだろうけれど、写真で見るよりもずっと憔悴していた。髪は乱れ、口元には無精ひげが目立ち、浅黒い肌にも生気がない。疲労と不安に精神と肉体を蝕まれているのだろう。

腕時計を確認すると、残りは十三分。もう少しだけ彼の頭が冷えるのを待ってから、私は訊いた。

「あなたが犯人でないとすれば、あなたは何者かに陥れられたことになります。証拠を捏造されていることから、真犯人はあなたの身近にいる可能性が非常に高い。これから挙げる特徴に当てはまる人物が身の回りにいないか、教えてください」

私は阿良谷博士が導き出した犯人のプロファイルを説明した。

「性別は男性。年齢は二十代から四十代。非社交的で寡黙。学歴や所得には興味がなく、目立たない仕事をしているけれど、手には職を持っています。それと、つい最近、身近に何か大きな変化があった可能性があります」

「そ、そんなことを急に言われてもだな……」

この状況で冷静でいられれば、むしろそのほうが人としてどうかしている。それはもちろんわかっているけれど、まさに今ここが彼にとって、これまで通りの日常に戻れるか否かの分水嶺なのだ。頑張ってもらいたい。

私はもう一度、噛んで含めるように犯人のプロファイルを繰り返した。

「永里さんは帝新商事にお勤めですよね。つまり、同僚の方は条件には当てはまりません。それ以外で、誰か心当たりはありませんか」

と訊いた。

「……ど、同僚以外となると、取引先の人間か？　近頃は明和鉄鋼や栄領金属の人間とよく食事に行っているが」

どちらも帝新商事と同じ一流企業だ。当てはまらない。

「他には？　例えばご友人はどうですか」

「大学時代の友人とは、今でも多少付き合いがあるが……」

「永里さん、大学はどちらを」

「國府大だ」

これも関西の名門私立大学だ。そこの卒業生で今も付き合いがあるとなると、おそらくその友人たちも社会的ステータスは似たり寄ったりだろう。

私は口元に手を当てる。……まずい。思った以上に取っ掛かりがない。

そのとき突然、かん、と甲高い音が鳴り、私は顔を上げた。永里貴寿もぎくりとする。

誰かが来た──のではない。他の留置されている被疑者が、私たちの声を聞きつけて抗議に格子を蹴飛ばしでもしたらしい。

ほっとしつつ、腕時計に目を落とす。残り時間はすでに七分を切っている。ここで有力な証言が取れないとなると、今後の展開は正直絶望的だ。

「──他に誰かいませんか。どんな些細な関係でも構いません」

私の声音から己の危機を察したのか、永里貴寿はかすかに顔を青ざめさせ、必死に考え込んだ。残り時間はあと六分。

そのときだった。

「……そういえば」

彼はぽつりと呟いた。

「いや、別に身近とも言えん程度の、ただの知り合いなんだが……」

「構いません。誰ですか」

「名前は知らん」

眉をひそめる私に、永里貴寿は慌てた様子で言った。

「き、去年の夏頃、新宿の飲み屋で偶然会っただけの男だ。四十過ぎで、愛想のない男だった。たまたま二度その店で居合わせたことがあって、私から声をかけて……いや待て。一度、女たちを連れていったときに一緒に飲んだな」

「女？　ひょっとして、関野優香さんと門奈美玲さんですか」

「そうだ。そのときに、女たちは男に名刺を渡していたはずだ」

仮にも上司の知り合いだ。礼儀としてそうしたのだろう。

「仕事は、たしか造船所で働いていると言っていた。だが、もうしばらく会っていない。飲み屋の親父（おやじ）に聞いたが、勤め先の造船所が潰れたらしい」

「……勤め先が潰れた。その話を聞いたのはいつ頃のことですか？」

「去年の暮れだ」

私は目を見開いた。たちまち注意を引き付けられる。

阿良谷博士は犯人のことを、

――専門的な職工、文芸やＩＴスキル、そういった他の何かでプライドを満たし、自己を保っている。

と、分析していた。

造船所で働いているということは、その男性はそちら方面の職人である可能性が高い。

そして会社が倒産したというのは、間違いなく大きな環境の変化だ。

自己を保つプライドのよりどころを奪われた彼は、かつてなく強いストレスを覚えた。

そのため我慢ができなくなり、これまで目立たないよう慎重に繰り返してきた殺人を、より生来の趣味嗜好を反映したものへとエスカレートさせた。そう考えるのは、はたして素人の浅知恵だろうか。

……できれば阿良谷博士の意見を聞きたい。けれど、今はその時間がない。

ただ、少なくとも時期と状況は合致している。仕事がなかったのなら、時間には余裕があっただろう。被害者二人からもらった名刺があれば、その職場はもちろん、自宅や日々のルーティンまで調べることも充分可能だ。一緒に飲んでいたのなら、隙を見て永里貴寿の毛髪を手に入れることもできただろう。

「そのお店の名前は？」

「か、歌舞伎町（かぶきちょう）の《ゾラ》という店だ」

歌舞伎町。ゾラ。その名前を記憶に刻み、私は立ち上がった。

「ありがとうございました。もう少しだけ頑張ってください。私も、できるだけのことをやります」

「ま、待て――」

申し訳ないけれど、もう時間だ。私は立ち上がると、その場をあとにした。

留置場の事務室を出ると、ちょうど皆川管理官から電話で連絡があった。

「とりあえずここ二十年間に絞って、近隣六県の県警に二十代から三十代の女が被害者の未解決事件がないか確認を頼んでたが、埼玉と千葉から返事があった。それぞれ一件ずつあるそうだ」

やはり阿良谷博士の分析は間違っていない。

私は無人の階段を駆け下りた。

7.

翌日、永里貴寿は検察に送致された。記者会見でも永里貴寿の名前が被疑者として発表され、ついに江東署に設置された捜査本部も解散が宣言された。皆川管理官も、さすがにこれ以上は抑え切れなかったのだろう。

時間が経てば経つほど事態は取り返しがつかなくなる。急がなくてはならない――のだけれど、平時の業務に復帰した私の前には、捜査本部に詰めている間にできなかった書類仕事が山と積まれ、丸一日忙殺されることになった。

それでも大仕事明けということで、普段よりも早めに上がるよう課長からお達しが出ていたので、私は午後七時には署をあとにした。すぐに最寄りの木場駅から地下鉄に乗り、飯田橋で乗り換えて新宿に向かう。

人でごった返すJR新宿駅構内を歩き、東口から外に出た私は、アプリのナビに従って歌舞伎町の《ゾラ》へと足を向けた。

永里貴寿は飲み屋と言っていたけれど、ゾラは古いテナントビルの五階に入ったバーだった。ただオーセンティックなものではなく、気軽に立ち寄れるショットバーらしい。

狭いエレベーターで店に上がると、営業は始まっていたものの、まだ早い時間とあってか客の姿はなかった。暖色の明かりに照らされた店内にはカウンターが五席、四人がけテーブル席が三つあり、カウンター内では五十代とおぼしき店主が白いクロスでグラスを拭き上げていた。アロハシャツというやはり気軽な恰好で、私に対しても構えたところなく、お好きな席にどうぞ、と声をかけてくる。

「すみません。お客じゃないんです」

私が警察手帳を提示しても、その態度は大きく変わらなかった。

「ん、警察の人？　なに？」

歌舞伎町も以前にくらべればすっかり穏やかになったらしい。それでも場所柄、地域課は巡回を欠かさないだろうから、警察には慣れているのだろう。

私は永里貴寿の写真を取り出し、訊いた。

「この人に見覚えがありませんか？　こちらに通っていたそうなんですけど」

店主は手を止め、カウンターを挟んで身を乗り出し、写真を覗き込んだ。

「ああ、はいはい。憶えてるよ。いつも違う女の子連れて来てた人でしょ。なに？　この人何かしたの」

興味ありげに訊いてくる。永里貴寿が逮捕されたことは知らないのだろうか。あるいはニュースなどで殺人事件の被疑者の名前を耳にしていても、顔とは一致していないのかもしれない。今は特に触れずにおいた。

「この人と、ここで何度か一緒に飲んでいた四十代ぐらいの男性に心当たりはありませんか」

こちらは思い出すまでに少し時間がかかった。

「……ああ、あのなんか暗い感じの人かなあ」

「その人について知っていることはありませんか。名前や住所、何でも構いません」

私は逸る気持ちを抑えて訊いた。

「いや、そう言われてもねえ」

拭いたグラスを脇に置きながら店主は戸惑う素振りを見せた。もっともな反応だ。それでも角度を変えて私は質問した。

「その人の勤めていた造船所が倒産した、というお話でしたけど」

永里貴寿はその話を、この店主から聞いたと証言していた。実際、これにはすぐにポジティブな返事があった。

「ああ、そうそう。その人、最初に来たのは去年の夏ぐらいだったかな？　会社の同僚に連れられて、って感じだったんだけど、それからときどき週末に一人で来てくれるようになったんだよね。けど去年の暮れ頃、普段は黙々と二杯ぐらい飲んで上がるのに、いつになくペースが速くて荒れてる様子だったから、どうしたんですかって訊いたんだよ。そうしたら勤め先が夜逃げしたって、ぼそぼそっと言ってさ。それ以降はご無沙汰だね」

どうやらこのバーは、その男性にとってそれなりにお気に入りだったらしい。けれど突然仕事と実入りがなくなり、それどころではなくなった。その強いストレスの捌け口として、習慣化していた殺人を猟奇的なものにエスカレートさせた。

ただ狙いをつけていた女性二人を殺害して、昆虫のように腹を開き、おおいに世間を騒がせた。しかも警察は用意していたスケープゴートに食いつき、己が身の安全も確保できた。存分に欲求を満たし、頭も冷えたことだろう。となれば、またかつての慎重さが顔を出す頃合いだ。同時に、それまでのルーティンも復活する可能性がある。この店にも来るかもしれない。私は不思議とそう確信した。根拠はきっと、博士の分析への信頼だ。

「よければ飲んでいく？　ひょっとすると、そのお客さんも来るかもよ」

最初は店の外で張ろうと考えていた。けれど三月の空気はまだまだ冷たく、張り込み

には辛い。単独でのそれは対象を見逃す危険もある。少し考え、

「あの、何か食べられるものってありますか？」

「うちは自家製マルゲリータが自慢だね」

打てば響くような返事が、私の決断を後押しした。

さすがにノンアルコールはマナー違反だろうと思い、あまり強くないお酒を、とあわせてオーダーしてから、私はコートを脱いでスツールに座った。

焼きたてのマルゲリータは熱々で、トマトの酸味とバジルの香りがとてもさわやかだった。そこにモッツァレラチーズと相性のいいアンチョビが載っていて、満足感があるのも嬉しい。

「美味しいです」

「でしょ」

私の端的な感想に、それでも店主はとても嬉しそうだった。

私のことをイメージしたという、スノードロップという真っ白なロングカクテルを前に、私は本当に現れるかどうかも知れない対象をひたすら待った。

午後八時を回った辺りから、ぽつぽつと他の客がやってくるようになった。カウンターとテーブル席が私を含めて二つずつ埋まり、店内もそれなりに賑わっていく。

もちろん、張り込み初日ですぐに結果が出るとは思っていない。それでも、私一人で

こんなことを続けるのには限界がある。……残された時間は決して長くない。

ただひたすら祈るような気持ちで、私は目の前のグラスを見つめた。

入店から三時間が過ぎ、私のカクテルが三杯目になった頃、カウンターの中年男性客が席を立った。

それと入れ替わりに、別の男性客が一人、店内に入ってくる。さりげなくそちらを見て面相を確認した私は、何でもないように顔を前に戻した。頭をはっきりさせるため、無言でチェイサーの水を口に含む。

……来た。私はなぜかそう直感した。

「いらっしゃい。お久しぶり」

カウンターの店主が一瞬こちらを見てからそう声をかける。対象がやってきても私に話しかけないようあらかじめ言い含めておいたので、間接的に知らせてくれたのだろう。

その客はにこりともせず、どうも、と会釈だけして、私から四つ離れたカウンター席に座った。

事前に聞いていた通り四十代だろう。顔つきは大人しげというより胡乱げで、暗い目つきをしており、店主と目を合わせなかったりと年齢の割には世慣れていない感じがする。

小ざっぱりと刈り込んだ髪に、服装もカーキのブルゾンにデニム、足元はスニーカーという目立たないものだけれど、かつての仕事柄か、首筋や腕の張りから、身体は適度に引き締まっていることがうかがえた。

もちろんまだ、そうであるという確証はない。けれど、メニューも見ずにギネスとミックスナッツを注文するその横顔を見ているうちに、連続殺人犯のプロファイルが目の前の対象とダブっていく。

決して社交的でないはずの対象が、どうしてこんなバーに来たのだろう。おそらく最初は会社の同僚に連れてこられただけで、乗り気ではなかったはずだ。けれど、誰しもなんとなく一人でいたくないときがある。幸い店主は話しかけてほしそうな人間には話しかけるけれど、放(ほ)っといてほしそうな人間にはそうしないようだ。その絶妙のスタンスが気に入り、無聊(ぶりょう)の慰めに訪れるようになったのではないか……。

「――――」

水を飲んで頭を冷やす。

今の私は、声をかけたところで対象に任意同行すら求められない。柏木医師のときのような出たとこ勝負ではどうしようもないのだ。もし対象が真犯人だとすれば、確たる証拠をつかむしかない。

彼はそれから一時間ほどで、ギネスを二瓶(ふたびん)空けた。

その最中、彼が一度だけこちらを見たことがあった。私は、「店内のインテリアが気になってそちらを見ていたら彼の視線に気づいた」という素振りで、彼のほうを見る。するとと彼は、私と目が合うのを避けるように視線を前に戻した。

しばらくして、

「――会計を」

彼は席を立ち、店を出ていった。

ドアが閉まるのと同時に、私もそれに続いた。あらかじめ用意してあった会計額ぴったりの現金を支払い、コートを手に取る。

「頑張って」

店主の小声での激励に、また来ます、と答え、私はドアを開けた。

足音を忍ばせてエレベーターホールに向かうと、ケージは四階から三階へ下降中だった。私は階段を静かに駆け下りる。二階と一階の踊り場で足を止め、ケージが到着するのを待つと、すぐにケージが到着し、彼が一人で降りてきた。

ビルの外に出ていくのを見送りながら、私は用意していたヘアゴムで素早く髪をまとめ、キャスケットを目深にかぶると、さらに大きめのフレームの伊達眼鏡をかけた。簡単な変装だけれど、人は目元と髪型をいじるだけでかなり印象が変わる。

すぐに通りに出て、まず駅のほうに目をやる。予想通り、彼はそちらに向かっていた。

私は五メートルほどの間隔を取って、その背中を追う。

以前、ベテランの先輩刑事から教えてもらったことがある。尾行を成功させるコツは、一にも二にも尾行していることを対象に気づかれないことだ、と。尾行が付いていると気づかれた時点で、たとえどんな凄腕でもまず間違いなくその尾行は失敗に終わるのだそうだ。

では、尾行に気づかれないようにするにはどうするべきなのか。それは、必要以上に俯かないことだという。尾行者は顔を見られたくないため、どうしても俯きがちになり、上目遣いで対象を見てしまう。それが不自然さを生み、周囲に違和感を植え付けるのだそうだ。

だから私は彼を視界に捉えつつも、その背中を凝視したりはせず、自然な歩幅で歩くことを心がけた。

幸い彼は振り返ることなく横断歩道を渡り、新宿駅構内へと入っていった。JRの改札を抜けると、中央線上りホームへの階段を上がっていく。

終電近くのホームは混んでいた。おかげで尾行に気づかれる心配はなさそうだったけれど、見失わないように注意しなければならなかった。

すべり込んできた電車に彼が呑み込まれるのを視界の端で確認してから、私も同じ車輛に乗り込んだ。いつでも降りられるよう、ドア脇のスペースを確保する。

やがて彼が飯田橋で電車を降りたとき、私は、ひょっとして、と思った。その後、東西線に乗り換えたところで、それはもはや確信に変わった。

私たちを乗せた電車は少しずつ乗客を吐き出しながら、やがて一件目と二件目の殺人が発生した江東区へと戻ってきた。

彼は、東陽町駅で車輌を降りた。幸い同時に五、六人がばらばらと降車し、私もそれに紛れる。迷う素振りもなく出口に向かう様子から、間違いなくここが彼の最寄り駅であると察した。

地上に出ると、途端にひと気がなくなった。私はこれまでよりも大きく距離を取り、彼の背中を追う。

彼はすたすたと永代通りを西に歩いていく。一件目、二件目の遺体遺棄現場から目と鼻の先だ。まさか本当にこんな近くに？　と私がかすかに動揺している間に、彼は右手に折れた。そして裏路地にある、小さな二階建てのアパートの階段を上がっていった。

アパートの名前は《都筑ハイム》。部屋は、二階の一番端にある二〇五号室。

……ついに見つけた。

彼が消えた二階のドアを見つめながら、私は白い息を吐き出した。

翌日の三月二十五日、午前九時。

都合よく非番だった私は、まず都筑ハイムの管理会社を検索し、そちらに出向いた。東陽町の駅前にあった店舗で警察手帳を提示し、協力を仰ぐ。令状なしでは厳しいかと思ったけれど、こちらのお店は警察に慣れていないせいか、あっさり教えてくれた。その是非はともかく、今はありがたく情報をいただいておく。

都筑ハイム二〇五号室の契約者は瀬川達樹、四十四歳。入居からもう十七年。駐車場の契約はなし。

勤務先は、江東区潮見の《(有)帆村造船所》となっていた。厳密には有限会社という形態はすでに法律的には存在せず名前だけのはずなので、かなり昔から存続していた会社なのだろう。試しに帆村造船所の代表番号を検索し、電話をかけてみたけれど、不通を報せるアナウンスが流れた。対象である瀬川達樹は勤め先が潰れたと言っていたらしいけれど、やはりそれは事実のようだ。

「………」

散らばっていた断片的な情報が、ようやく私の中で一つの絵になろうとしたそのとき、ぽつりと鼻先を雫がかすめた。今日は朝からはっきりしない天気だったけれど、とうとう降り出したらしい。

ぐずつき始めた空を見上げながら、私は、今度は皆川管理官に電話をかけた。捜査本部が解散し、現在管理官は本庁に戻っている。

「――リカ子か。どうだ」

多少は時間に余裕ができたのか、管理官はすぐに通話に出てくれた。

「真犯人の可能性がある人物を発見しました。瀬川達樹、四十四歳。住所は江東区東陽の――」

私は瀬川達樹の素性と、これまでの経緯を手短に説明した。

「……なるほどな。だが、そいつが真犯人だって証拠はあるのか？」

「もし瀬川達樹が真犯人だとすれば、彼が被害者の殺害とその後の処理を行ったのは、おそらく彼が住むアパート以外のどこかです。彼の部屋は二階で、遺体を運び込むには不向きですし、接触した印象からして、生きたまま女性を自宅に連れ込む器量があったとも思えません」

「接触だと？　おいリカ子――」

口がすべった。私は遮るように続ける。

「ちなみに、瀬川達樹はアパートの駐車場を契約していません。車は所有していないと考えられます」

「……それで？」

管理官は唸るような声を出したけれど、いったん矛を収め、訊いてきた。

「まだ裏は取れていませんけど、瀬川達樹が勤めていた潮見にある帆村造船所は、彼の住居同様、一件目、二件目の遺体遺棄現場の近くです。きちんと戸締まりができて、造船所ですから車での搬入搬出が容易で、多少の音も問題ないはず。しかも夜逃げ同然で畳まれて、今はもぬけの殻です。――ここが殺害や事後処理の現場だというのは、私の考えすぎでしょうか」

沈黙が返ってくる。間違いなくその線で探る価値はある――管理官もそう考えているはずだ。それを後押しするように、私は言った。

「管理官。私はこれから帆村造船所に行ってきます」

「待て、リカ子！　一人で動くな！」

もちろん危険があることはわかっている。けれど時間が経てば経つほど、犯人に証拠を隠滅される可能性も高まる。

私は通話を切った。すぐに管理官からの折り返しがあったけれど、いったん着信を拒否する。

ブラウザで検索すると、東陽町駅前から潮見まではバスで十分だった。スマートフォンをコートのポケットにしまい、私は足早にバス停へと向かった。

8.

潮見駅から十分ほど歩くと、たちまち民家が増え、工事中の建物や建設予定の空き地が目立つようになった。

そんな中、JR京葉線の高架をくぐった先に《帆村造船所》はあった。住居とおぼしき古い二階建ての家屋に、見上げんばかりの大きな建物が隣接している。こちらが船渠――船舶を建造、修理するドックだろう。想像していたよりもずっと大規模で、工場と言ったほうがいいぐらいかもしれない。

家屋の前には、乗用車三台分の駐車スペースがある。けれど、車は一台も停まっていなかった。玄関のチャイムも押してみたけれど、音が鳴らない。おそらく電気が止められているのだろう。もちろんドアも鍵がかけられている。

続いて隣の船渠のほうを覗いてみたけれど、こちらも同様だった。社員用のドアには鍵がかかり、搬入出用の大きな扉もチェーンと南京錠で閉じられている。

この辺りはすでに捜査員が地取りで回っているはずだ。そのときは無人なのでスルーされたのだろう。

……どこか中に入れるか、せめて覗けるところがないだろうか。

私は船渠の周囲を見回った。家屋との壁に挟まれた、雑草が生えた細い砂利道を抜け、造船所の裏手へと回る。

すると、そこは川——東京湾へと続く汐見運河だった。コンクリートの護岸の先には深い色をした流れの川面があり、左手の桟橋には小さなボートが係留されている。地面にレールが走る船渠の運河側には、巨大なシャッターが下ろされていた。この辺りの風は潮を含んでいる。それにさらされて壁ともどもかなり錆び付いているものの、どこも破れたりはしていない。

こちらもだめか、と思いながら、なんとなくシャッターに手をかけ、持ち上げてみる。すると意外な手応えがあった。軋みとともにわずかにシャッターが上がり、足元に隙間ができたのだ。どうやら鍵自体はきちんとかかっているものの、経年劣化でシャッター錠を構成するパーツに遊びが生じているらしい。

ここまで来た以上、ただでは帰れない。

私は手をかけ直すと、全身の力を使ってもう一度シャッターを持ち上げた。先ほどよりもさらに隙間が広がる。スマートフォンだけ取り出すと、コートとジャケットを脱いで少しでも嵩を減らし、私はコンクリートの地べたに仰向けになった。

地面とシャッターの隙間に腕を通す。なんとか肩も通った。問題は胸と頭だ。

一分ほど悪戦苦闘した末、シャツやパンツを汚れだらけにしながら、私はなんとか船渠の中へと入り込んだ。立ち上がって服や髪を軽く払う。きっと顔も土埃でひどい有様になっているだろう。

船渠の広さは、小学校の体育館のハーフコート程度だろうか。高い天井付近の壁に明かり取りの窓がいくつか設けられ、そのそばに渡された『安全第一』と書かれた鉄骨からは、クレーンやチェーンブロック、太いロープが何本も下げられていた。その下には全長三十メートルを超える船舶が一艘、船台に乗せられて鎮座し、脚立がいくつも立てかけられている。これは、もともとこの造船所が所有する船だろうか。壁際には船の建材を加工する旋盤やフライス盤、他にもいろいろな工作機械があった。おそらく昔からこの土地のお客を相手に、個人用船舶の建造や修理などを請け負っていたのだろう。ここでの職人の仕事振りがうかがえた。

けれど、それらはすでに埃をかぶっていた。船渠内からは活気の火が消え、今まさに朽ちていかんとする気配が感じ取れる。

ただ。

ここに入ったときから埃と油、鉄――それらの廃屋めいた臭いに混じって、かすかに別の異臭が鼻先をかすめていた。

それはきっと、瀬川達樹の犯行を決定づける証拠になる何かだ。

この場にあまりに似つかわしくないその気配に、私は理屈を一足飛びにしてそう確信していた。

中央に鎮座する船体に沿って、ゆっくりと左回りに歩を進める。

と。

ほんの三メートルほど先の地面の土埃が、明らかに乱れていた。つい最近できた新しいものだ。ここには確実に誰かが出入りしている。そう思ったときだ。

ぶうん、と目の前を一匹の蝿（はえ）がよぎった。

川のそばだ。この時期でも蝿ぐらいいるだろう。

けれど、私はなぜかその蝿を目で追っていた。複眼を持った昆虫は薄明かりの中、空中に不規則な軌道を描きながら右手の壁のほうへ向かい、やがて吸い寄せられるようにあるものに止まった。

スチール製のラックに置かれたそれは、どうやら果実酒漬け込み用の瓶らしかった。一抱えもあるそれにはぶんぶんと何匹もの蝿がたかっており、中にはどす黒い粘性を帯びた何かが漬け込まれている。それが何なのかわかったとき、さすがの私も呼吸が浅くなった。

それは、人間の臓器だった。

胃や小腸、大腸、肝臓、膵臓に腎臓、そして子宮、おそらく他にも脾臓（ひぞう）や胆嚢（たんのう）といった小さな臓器までが一緒くたに詰め込まれている。それらはすでにどろどろに腐敗して形を崩し、半ば溶け合っていた。その中で蠢いている大量の白い米粒のようなものは、産み付けられた卵から孵った蛆だろう。

一件目と二件目の被害者——関野優香と門奈美玲の遺体から取り出されたものであることは疑いようがなかった。

　プラスティックの蓋がされているにもかかわらず瓶の外へとあふれ出す、目に沁みるような汚臭に、けれど私は不快感以上に、別の何かが胸の奥からこみ上げてくるのを感じた。

　それが悲しみだと気づいたとき、私は自分自身に驚いた。

　理不尽に殺された挙句、昆虫のように腹を開かれて中身を残らず抜き取られ、こんなところで腐っていくに任されている。

　被害者にとってあまりにも惨いその仕打ちに、ほんの少しの間だけでも、私は瞑目せずにはいられなかった。

　しばらくして目を開けると、落ち着け、と自分に言い聞かせる。今は何より冷静さが必要なときだ。

　いつも通り三秒ほどで速くなっていた鼓動が平静に戻るのを自覚してから、私はすぐに次の行動に移った。

　瀬川達樹が真犯人である物証はこれで充分だろう。本人を逮捕して自供を引き出し、諸々の裏が取れれば、永里貴寿をスケープゴートに仕立て上げたことも立証できるはずだ。

私はスマートフォンを取り出し、管理官に電話をかけた。けれど、繋がらない。すぐにあきらめてカメラを起動し、被害者から抜き取られた臓器を撮影する。そして、瀬川達樹が真犯人である証拠を帆村造船所で発見したこと、添付した画像はショッキングなものなので気を付けてほしいことなどをメールにしたため、皆川管理官のアドレス宛てに送信した。

これからどうするべきだろうか。

この証拠を、このままここに残していくわけにはいかない。かといって、私が持ち出すこともできない。私がこの場所へたどり着いた経緯が説明できないし、船渠へも完全な不法侵入だ。弁護士に捜査の違法性を盾に取られれば、裁判で不利になる可能性がある。

とにかく皆川管理官に相談して、今後の出方を決めるしかない。もう一度、しつこく管理官に電話をかけようとしたそのときだ。

どこかから、ざりっ、という金属音が聞こえた――気がした。

反射的に呼吸を止める。

私が全身を耳にする中、道路に面した正面出入り口のほうから、がちん、という錠が落ちる音、そしてドアの開く軋んだ音が続けて聞こえた。

誰かが来たのだ。

いや、今ここに来る人間は、間違いなく一人しかいない。

「――――」

私は足音を立てないよう身を翻し、その場を離れた。鎮座する船体に身を隠すと、証拠が置かれたスチール棚のほうをうかがう。……運河側のシャッターが少し開いたままだ。気づかれるだろうか。けれど、今更閉めることもできない。

やがて。

スニーカーを履き、ほとんど足音も立てずに船渠内に現れたのは、やはり瀬川達樹だった。

息を呑む私に気づかないまま、胡乱な顔つきをした瀬川達樹は、さっきまで私が立っていた場所までやってくると、被害者たちの臓器が詰まった瓶に目をやった。幸いシャッターがこじ開けられていることに気づく様子もなく、じっと瓶を眺め、その表面に手を這わせる。

するとその口元が、ゆっくりととろけるような笑みの形に変わっていった。

かすかな戦慄とともに、阿良谷博士の分析が脳裏によみがえる。

――快楽殺人者は被害者の身体の一部を持ち帰り、それを見返しては殺人の記憶を反芻し、そのときの快楽を何度も味わおうとする。

慎重な瀬川達樹は、これまで決してそれをしなかった。けれど強いストレスにさらされ、その捌け口を求めて我慢ができなかった。だから、証拠となる臓器も処分されなかったのだろう。

けれど。

瀬川達樹は瓶に手をやった。わあん、と飛び立つ蠅にも構わずスチールラックから瓶を取り上げて両手で抱え、出入り口のほうへ足を向ける。私は内心でうろたえた。瓶を覆い隠しもせずに一体どこへ？

いや、答えは自明だ。あのままではどこにも運べるはずがない。つまり、処分するつもりなのだ。すぐ目の前には運河が広がっている。そこに捨てられてしまえば、証拠はあっという間に魚の餌だ。

私は唇を噛んだ。……あれがないと、瀬川達樹の犯行を立証できなくなる。

仕方ない。

私は呼吸を整えると、物陰から出て鋭く言った。

「瀬川達樹さん、警察です」

振り返った瀬川達樹は、さすがに驚いたのか、目を見開いた。

けれど、それもほんの一瞬のことだった。すぐにもとの胡乱げな顔つきに戻ると、暗い無感動な目をこちらに向けてくる。その反応に、私は言い知れない不気味さを覚えた。

……警察が待ち構えていたというのに、この反応は一体何だろう？　どう考えても普通ではない。

迷うのは危険だ。とにかく取り押さえ、拘束する。そう決め、私は油断なく距離を詰めていった。

「ゆっくりと手の中のものを地面に置いて、両手を上げなさい」

左手は鎮座した船舶に塞がれ、右手は壁だ。それでも立ち回るためのスペースは充分にある。瀬川達樹の身体つきは引き締まっているけれど、武道や格闘技の類を使う感じには見えないし、何より今は不意をつかれたわけでもない。正面から立ち向かってこられたり、走って逃げられたりしても、無力化できる自信があった。

けれど瀬川達樹は、およそ信じがたい行動を取った。

なんと両手で抱えた瓶を、私に、向かって、放り投げてきたのだ。

「え」

――証拠が。

その一瞬、私の思考はその一事に塗り潰された。そしてそれが、その後の失策を決定づけてしまった。

空中でゆるい放物線を描いた瓶を、両手を出して反射的に受け止める。ずしり、とした感触とともに足が止まった。

そこへ瀬川達樹が電光石火で迫ってくる。頭の中が危機を察知して真っ赤に染まる。けれど重い荷物で両手を塞がれた私は、すでに致命的な隙を相手に与えてしまっていた。

瀬川達樹の右手が後ろに回り、素早くポケットから黒い何かを取り出した。それがスタンガンだと悟ったときには、私は強烈な衝撃に全身を貫かれ、その場に膝から崩れ落ちていた。瓶が地面に落ちて立てた、ごとん、という硬い音が耳朶を打つ。

……証拠は無事だろうか。

そんな考えが脳裏をかすめるのを最後に、私の意識は闇に呑まれた。

9.

ざあざあと派手に屋根を叩く音が聞こえる。どうやら雨が降っているらしい。雨の日の出勤は億劫だ。足元が濡れるし、湿気で髪も広がりやすい。だから、せめてあと少しだけ寝かせてほしい。近頃は本当に忙しくて、ろくに眠る暇もなかったのだから。せめてあと五分だけ。それだけ経ったらちゃんと起きるから。

けれど、それにしてもベッドが妙に硬い気がする。頬に当たる感触がまるでコンクリートのようだ。その上に積もった土埃がざりざりとしていて痛い。おかしい。一体いつからこんなふうに――

「………」

はっとする。

一瞬前後関係がわからず混乱した私は、けれどすぐに自分の置かれた状況を思い出した。危機感にぎくりとさせられるものの、落ち着けと自分に言い聞かせ、まずは身の回りの把握に努める。

とりあえず、私はまだ生きている。少なくとも、絞められたり刺されたりといった外傷は負わされていない。

場所も、まだ帆村造船所の船渠内だ。スタンガンで昏倒させられた辺りの壁際――その地べたに転がされている。

身を起こそうとしたものの、後ろに回された手に思わぬ抵抗が生じた。身をよじって確認すると、両手と両足首がロープで縛られており、さらに手首のそれは壁を支える鉄骨にくくりつけられていた。二、三度引っ張ってみても、結び目は到底ほどけそうにない。

瀬川達樹の姿は、少なくとも見える範囲にはない。

まだ殺されていないのは、私が警察官とあって慎重になっているからだろうか。……おそらくそうだろう。警察が何をどこまでつかんでいるのか、把握する必要があるはずだ。

なんとかここから脱出しなければ。そう考えながら、私は周囲を見やった。

船渠内はかなり薄暗くなっている。外で雨が降り出したせいだろう。まだ日は落ちていないと思うけれど、体勢のせいで腕時計を確認できないので、今が何時なのかわからない。パンツのポケットに入れていたスマートフォンも、当然のごとくなくなっている。体感的には、そこまで長い時間は経っていないと思うけれど。

と、そのときだ。がたん、という音が聞こえた。

船渠出入り口のドアが開けられた音だ。誰かがここに入ってきたらしい。瀬川達樹だ。そう思って身構えた私は、けれどすぐに眉をひそめた。

「――――」

瀬川達樹のものとおぼしき声が聞こえた。けれどそれは出入り口のほうからではなく、船渠内からだ。どうやら最初から、中央に鎮座する船舶を挟んだ向かい側に瀬川達樹はいたらしい。

私は一瞬、自分の背中を目の当たりにしたような、奇妙な感覚に囚われた。

おかしい。

だとすれば、今ここに入ってきたのは一体誰だ？

瀬川達樹の声が聞こえる。何かしゃべっている。けれど、雨が屋根を叩く音でほとんど聞き取ることができない。何か叫んでいる？　私と連絡が取れなくなったので、皆川管理官が人をよこしてくれたのだろうか。ただ、それなら複数の人間が来そうなものだ。けれど足音は一つだった。

突然、何かが地面に遠慮なく引き倒されるような音が続いた。あからさまに不穏な気配に、私は混乱しつつも必死に考える。大声を出し、助けを求めるべきだろうか。けれど、そうするリスクも大きい。もし闖入者が私の味方でなかった場合、私は何の抵抗もできないのだ。

私が決めかねている間に、さらに事態は動いた。誰かがここを離れる足音がしたのだ。……どうやら出入り口から外へ出ていったらしい。けれど、一体どちらが？

その後、怖いぐらいに物音がしなくなった。ただひたすら雨の音だけが響いている。しばらく息を殺していた私は、さすがに夜までこうしているわけにもいかず、危険は承知の上で、とにかく鉄骨からロープを外そうともがいた。

二十分は結び目との格闘を続けただろうか。手首にロープが食い込み、すでに皮膚は擦り剝けていた。その痛みの感覚すらなくなり始めた頃、ようやく観念したかのように結び目がゆるみ、鉄骨からロープが外れた。震える手で足首のロープも外す。

よろめきつつ立ち上がると、私は目の前の船体に手をついて歩き、物音がしていた辺りをうかがった。

するとうと。

船の脇に、瀬川達樹が仰向けで寝転がっていた。

その腹や、周囲の地面を、真っ赤に濡れそぼらせながら。

「そんな……」

絶句し、私は瀬川達樹のそばに駆け寄った。たちまち土埃と湿気に混じって強い血臭が鼻腔をつく。

刺されたのだ、ということはすぐにわかった。彼が手で握りしめるように押さえているシャツの腹部が五センチ以上にわたって裂けている。刺創だ。心臓の拍動に呼応するように、今もそこからどくどくと血があふれてくる。包丁？　それともナイフ？　辺りに目を走らせるけれど、それらしい凶器は見当たらない。

けれど、一体誰が？　どうして？

「誰にやられたんですか⁉」

瀬川達樹のそばにしゃがみ込み、短く訊く。

一目で、彼はもう助からないとわかった。見開かれたその目は、ほとんど焦点を結んでいない。瞬きの回数も極端に少ない。せっかく、あと一息で真犯人を逮捕できるところだったのに。

私はもう一度、誰に、と訊いた。

瀬川達樹の乾いた唇が震えている。私は耳を近づけた。かすれた呼気にまじって、か細い言葉が聞こえる。

「……せめて、もう一人だけ、殺したかった」

そんな戯言よりも、今は一体誰にやられたのかを！

私がそう叫ぼうとしたときだ。

「……せっかく、さらっておいたのに」

その一言が、私を刺し貫いた。

まさか、と思う。

私は身を起こし、

「待って！　まだ逝かないでください！　あなたは――」

けれど。

その一言にすべての力を使い果たしたかのように、瀬川達樹の全身が弛緩した。傷口を押さえていた手の指がほどけ、その目が徐々に光を失っていく。そこから熱が消えるのに、さほど時間はかからなかった。

呆然とする私の頭の中で、瀬川達樹の今際の言葉がリフレインする。

――せっかく、さらっておいたのに。
まさかもう一人、すでに誰かを拉致している？
私の疑問に答えてくれる者など、もちろんその場にはいなかった。
屋根を叩く雨音だけが、ますます激しくなっていった。

インタールード

ここ二ヶ月近くは、人生の中でも最高の気分を味わうことができた。これまでずっと我慢してきた人の中身を、ついに、ついに自分の手で見ることができたのだ。

女の腹を包丁で開くと、むっとした臭いとともに、そこには鮮やかな色合いをした、いくつもの臓器がみっしりと詰まっていた。昆虫のそれよりもずっと大きく弾力を持ったそれらを、生臭い血液や体腔液にまみれながら一つ一つ取り上げては、しばらく酔ったように夢中になった。そして腹が空になった遺体を人目につくように遺棄して世間の狂騒を眺めるのも、実に愉快だった。

造船所が潰れて気に入っていた仕事ができなくなり、目がくらむようなフラストレーションに耐えかね、どうしても我慢ができなくなってしまったのだが、なぜもっと早くやらなかったのだろうと後悔したほどだ。

ただ誤算もあった。警察はてっきり自分の用意したスケープゴートに食いついて満足すると考えていたのだが、女刑事に現場である船渠に踏み込まれてしまった。これまで二十年以上も自分を捕まえられなかった警察にも、それなりに優秀な人間はいたらしい。

とはいえ、それだけならいくらでも挽回（ばんかい）できただろう。拘束した女刑事はどうやら単独行動をしていたようだし、何よりそそられるタイプだった。情報を引き出してから殺し、じっくり中身を見る。それが楽しみでもあった。

だが。

さすがにこれは予想外の一言だった。

刺された腹を押さえながら、ひゅうと隙間風のような呼吸を繰り返す。

ふと、ぼんやりとした違和感を覚えた。記憶に何か引っかかりがある。

そうだ、自分を刺した人物。――あれはどこかで見たことがある顔だ。

ただ、それを思い出すことは、もうできそうになかった。

目の前が闇に満たされていく。

意識が消えてなくなる寸前、子供の頃、近所の公園とは別の場所で、昆虫を捕まえたことを思い出した。そうだ。深い山の中で。あれはとても楽しかった。ああ、せめて……。

せめて、もう一人だけ、殺したかった。

せっかく、さらっておいたのに。

第三話「最後の事件」

1.

夜。自宅に帰ってきた私は、明かりもつけずコートも脱がないまま、ばたりとベッドに倒れ込んだ。頑丈さにはそれなりに自信があるつもりだったけれど、さすがにもう精も根も尽き果てていた。

……ああ、シャワーを浴びたいしメイクも落としたい。けれど今はベッドから起き上がるどころか、寝返りを打つ気力すら湧いてこない。溜まりに溜まった疲労のせいか、じんわり目の奥が痛む。このまま泥のように眠ってしまったら、さぞや気持ちいいことだろう。それがいい。そうしよう。今夜だけは、そうしてしまおう。

そう思うのに、壁にかかった時計の秒針が刻む、チッ、チッ、という音が、首の後ろにまとわりついてきて、私の神経を逆撫でした。

シーツに突っ伏した顔を動かし、暗い自分の部屋を片目で眺める。

率直に言って、大変散らかっている。使ったものは基本的に出しっぱなしにしてしまうせいで、テーブルの上もフローリングの床もとにかくものが多い。以前はなんとなく観葉植物のパキラを飾ったりもしてみたけれど、元来の無精な性格が災いして、あっという間に枯らしてしまって以来置かなくなっていた。……初任科時代に警察学校で叩き込まれた整理整頓癖は、一体どこへ行ってしまったのだろう。

けれど、どうせ暇になったのだ。これまでやれなかったことをやってみるのもいいかもしれない。時間ができたらあれがしたい、これもやらなくては、と考えていたことがいくつもあったはずだ。そう考えて記憶の砂をさらってみたけれど、手からこぼれていくばかりで、具体的なことは何もつかめなかった。

と、そのときだ。私はベッドに手をついて身を起こした。……どこか遠くからサイレンが聞こえてくる。犬の遠吠えが、それを追いかけていた。

サイレンにはいくつか種類がある。これは消防の緊急車輌のものだ。鐘の音が混じっているので火災現場に出動するのだろう。失火ならそれまでだけれど、もし不審火なら強行犯係の仕事になる。時計に目を走らせる。まだ午後十時。この時刻なら刑事課全員に招集がかかる可能性が――。

いや。

違った。今の私に招集がかかるはずがないのだ。

小さく息をつき、再びベッドに倒れ込む。ファンデーションが付いてしまうけれど、構わずシーツに顔をうずめた。

もしもいつか警察を辞めることになったとしたら——そんな自問を、これまでに何度かしてきた。もしもいつか警察を辞めることになったとしたら、私はどんなふうに感じるのだろう？　と。そして、その答えはいつも同じだった。きっとそれなりの感慨こそあれど、私は後悔なくさっぱりと辞めていくのだろう、と。

けれど、いざそのときが来てみると、まさかこんな気持ちになるとは夢にも思わなかった。

……悔しい。

我ながら虫のいいことを言っていると思う。

それでもこのまま何も成し遂げられず、また何もかもを中途半端にやり残して、私は警察を去らなければならないのだろうか。

寝静まった住宅街の夜を切り裂くかすかなサイレンの中、私は暗い部屋で一人、焼けた棒を胸に突っ込まれたような無力感に苛（さいな）まれながら、ベッドのシーツを握った。

あの日のことを思い出すと、屋根を叩く激しい雨音が、今でも耳の奥によみがえる。

事切れた瀬川達樹を前にしばらく呆然としていた私は、やがて彼のパンツのポケットから自分のスマートフォンを見つけ出し、祈るような気持ちで皆川管理官に電話した。

ようやく電話に出てくれた管理官は、私の一報に言葉を失った。濃い血の臭いにさらされながら、私はなんとかこれまでの経緯を説明した。

半ば予想はしていたけれど、被疑者が死んでしまった以上、管理官にも穏便な決着は不可能だった。なので、そこから先は通常の事件認知とほぼ同じ手続きになった。ただ、死亡した瀬川達樹は連続猟奇殺人事件の関係者である可能性が非常に高い、とあらかじめ申し送りをされたことが、ささやかな差異だった。

「……すみません、管理官。私のせいで」

報告の電話で一も二もなく謝ったとき、管理官はこう言って笑った。

「気にするな、リカ子。こういう事態になることも、万一に考えなかったわけじゃない。俺は充分満足してるよ」

「……管理官」

「は、警察を辞めたらバルセロナにでも移住するかな。灼熱(しゃくねつ)の日差しに焼かれながらの余生ってのも悪くないだろ」

その疲れたような言葉を最後に、以降、管理官とは話ができていない。

すぐに特別捜査本部が、再び江東署に設置された。

捜査勘があるということで、本庁からは捜査一課殺人犯捜査第二係と四係が選ばれた。

捜査明けで待機になっていたところにまたも招集をかけられた捜査員たちは、まさに恨み骨髄だっただろう。

けれど。

その後、調べが進められるにつれて、たちまち本部には激震が走った。

まず瀬川達樹が殺害された現場である帆村造船所船渠の検証が行われ、そこから瀬川達樹のものでない大量の血痕や、瀬川達樹の指紋の付いたナイフ、さらに例の臓器が詰められた瓶が発見された。続いて瀬川達樹の家宅である都筑ハイム205号室の捜索が行われ、そこから被害者たちの微物が付着した、絞殺の凶器とおぼしきロープが見つかったのだ。

その後も、船渠で発見された瓶の中の臓器が、DNA鑑定の結果、一件目と二件目の被害者たち――関野優香と門奈美玲のものだと判明。その瓶から瀬川達樹の指紋が採取されたこと、保管されていた場所が死んだ瀬川達樹の元勤め先であること、さらに彼のスマートフォンから被害者たちの腹を開いて臓器を取り出す際の画像が大量に見つかったことなどから、いよいよ捜査本部も、逮捕した永里貴寿はスケープゴートであり、瀬川達樹こそが真の連続猟奇殺人犯である、という可能性を視野に入れざるを得なくなった。同時に一連の事件が事ここに至って、その真犯人を何者かに殺害されてしまうという、さらなる事態の混迷に見舞われたのだということも――。

瀬川達樹の連続猟奇殺人には共犯がいて、仲間割れの末、瀬川はその共犯者に殺害されたのでは？　という意見も出たけれど、船渠内には明らかに瀬川達樹一人しか立ち入った形跡がないこと、彼のスマートフォンに誰とも連絡を取った痕跡がないことから、すぐにその線は却下された。

では、一体誰が？　どうして？

あまりにも唐突かつ不可解な状況に、捜査本部は早くも捜査員の大量増員を検討しているらしい。

けれど。

その捜査に私が加わることはできなかった。

当然だ。私は今や瀬川達樹殺害の重要参考人なのだから。おまけに二度目の単独捜査や、留置場内の被疑者へのイレギュラーな接見まで犯している。――これまでの捜査本部の動きも直接見聞きしたことではなく、すべてあとから知ったことだ。

私への取り調べは、四係の仙波主任が担当した。

「散々引っ掻き回しやがって。覚悟しとけよ」

対面に座り、猛禽のような鋭い目つきをする主任に、私は例によって阿良谷博士のことだけを省いた上でありのままを話した。永里貴寿に接見し、瀬川達樹の存在を知ったこと。バーで瀬川達樹に接触し、彼をつけたこと。瀬川達樹が永里貴寿に目をつけ、スケープゴートに仕立て上げた証拠を帆村造船所の船渠で発見したこと。けれどそこで瀬川達樹に捕まった挙句、何者かに瀬川達樹を殺害されてしまったこと——。

「……で？」

取調室での仙波主任は、意外と言っては失礼だけれど、声を荒らげることも、まして手を上げるようなこともなく淡々としていた。ただし私の供述内容に少しでも綻びがあったり、心に動揺があったりすれば、即座に見咎められるだろうことがひしひしと伝わってくる。私はボロを出さないよう必死に同じ証言を繰り返した。

何度か休憩を挟みながらも八時間以上が過ぎ、これ以上絞っても何も出ないと踏んだのか、主任が取り調べの終わりを告げたときだ。

「……仙波主任。私のことを咎めないんですか？」

疲労も相まって、私はうつむきながらそう訊いていた。以前のような私への非難が、今日は一つもなかったからだ。

「……ああ？」

仙波主任は凶悪な面相で私を睨めつけると、

「なんだあ？　やっぱりてめえが殺しやがったのか？」

「いえ、まさか」

私が慌てて否定すると、主任は鼻を鳴らし、

「は、そうだな。お前を咎めたい——というか、ぶっ殺したいやつは山ほどいるだろうよ。特に二係の連中だ。永里貴寿逮捕の手柄が一転大失態だからな。ざまあない」

物騒なことを言うわりに、主任は特におもしろくもなさそうだった。デスクに肘をつき、私をにらんで続ける。

「俺だって心底腹が立ってる。お前は相変わらず目障りだし、おまけにむざむざ瀬川達樹を死なせやがった」

返す言葉もない私に、だが、と主任。

「それに関しちゃ俺も同じだ」

「え?」

顔を上げる私に、主任は言った。

「別の人間を誤認逮捕して、肝心の連続猟奇殺人犯を何者かに殺害されるって事態を招いたことについちゃ、捜査本部にいた以上、俺にも責任がある。だが、それを嘆いてももう取り返しはつかない。……俺が今やるべきなのは、瀬川達樹を殺した野郎を逮捕することだけだ」

席を立つ仙波主任に、私は訊いた。

「待ってください、主任。瀬川達樹が最後に言い遺した件についてはどうなっていますか? ひょっとすると瀬川達樹は、他にも被害者を——」

そう。

もちろん誰が、どうして、瀬川達樹を殺したのかは大きな謎だし、その犯人は絶対に逮捕しなくてはならない。

けれど、今はさらにもう一つ、気がかりなことがある。

瀬川達樹は、他にも被害者を拉致しているかもしれない。

私はそれについても、取り調べが始まる前から何度も報告していた。

ただ、その瀬川達樹の言葉を聞いたのは、いかんせん私一人だけだ。証拠も何もなしに、はたして捜査本部でまともに取り上げられているのだろうか。せめてそれだけでも知りたかった。

けれど。

仙波主任は、いきなりデスクにこぶしを叩きつけた。ぎくりとして言葉を呑む私を、主任は今度こそ遠慮なく睨めつけ、

「……図々しく捜査情報が聞ける立場だと思ってんのか？　この半端モンが」

半端者。

そう、私はたしかに半端な警察官だった。

正義感も功名心も持ち合わせておらず、ただただ上司の命令と組織の論理に従って黙々と仕事をする——それだけだった。

けれど、私もやっと理由を見つけたのだ。

それがはたして胸を張れるものなのかはまだわからない。正義感のように他人に褒められるものでも、功名心のように理解しやすいものでもない。どこまでも個人的で、つくづく勝手な理由でしかない。それでも私にとってはこの仕事を——刑事を続けるに足る充分な理由だった。

だからこそ、心の底から悔しかった。

瀬川達樹を逮捕できず、何者かに殺されてしまったことが。

そして、以後の捜査に関われず、何一つ手出しできないことが。

「……お願いします、主任。教えてください」

私は席を立ち、頭を下げる。

そんな私をじっと見つめていた仙波主任は、やがて何も言わずに鼻を鳴らすと、取調室を出ていった。

その後、私には、正式な処分が下るまで自宅謹慎が命じられた。

これだけのことをしでかした以上、懲戒は免れ得ないだろう。それも減棒や左遷ではなく、おそらくは免職だ。

私が警察官でいられるのは、処分が下るまでのあとわずかな日数しかない。

暗い部屋でシーツに顔を伏せながら、そんな自分に何ができるのか、私はじっと考えていた。

窓から差し込むまぶしい光で目が覚めた。

長時間の取り調べで疲れ切っていたせいで、いつの間にか眠ってしまっていたらしい。カーテンは開けっ放しのまま、ジャケットどころかコートすら脱いでおらず、服は上から下まで皺だらけ、髪も乱れ放題だった。目をこすると、手の甲が黒くなった。アイメイクが崩れて、きっとひどい有様だろう。ただ久しぶりにぐっすり眠ったせいか、頭だけはすっきりしていた。

服を脱いで、風呂で熱いシャワーを浴びた。べとついていた肌の汗が落とされ、さっぱりする。けれど、瀬川達樹が最期に口にした言葉だけは、耳の奥にこびりついて流せなかった。

——……せめて、もう一人だけ、殺したかった。

——……せっかく、さらっておいたのに。

決して聞き間違いではなかった、と思う。

あの言葉は本当だろうか。それとも彼の願望が、ありもしないことを言わせただけなのだろうか。

もちろん瀬川達樹の家宅や帆村造船所から拉致された被害者が見つかっていれば、すでに警察に保護されているだろう。けれど取り調べでは、それについて一切触れられなかった。

もし他にも被害者がいるという状況証拠が発見されていない場合、捜査本部がすぐにも被害者の捜索を行うとは思えない。捜査員は瀬川達樹の犯行の裏取りと、彼を殺害した犯人の捜査に忙殺され、まさに寝る間もなくなっているはずで、いるのかいないのかもわからない被害者の捜索に人員を割いている余裕はないからだ。

だとすれば、本当にこのままでいいのだろうか？

「…………」

部屋着に着替え、頭からかぶったバスタオルで髪を拭きながら、テーブルの上に置いたカレンダーに目を落とす。今日は三月二十八日——瀬川達樹が何者かに殺されてからすでに丸二日以上が過ぎ、今日で三日目だった。

もし瀬川達樹がすでに誰かを拉致しているのだとすれば、その彼女（彼？）はどんな状況に置かれているだろうか。まさか自由に歩き回れるということはないだろう。私がされたように、ロープなどで拘束されているはずだ。瀬川達樹にとっても不測の事態だったせいか、私はなんとか一人で拘束を解いて脱出できたけれど、あらかじめさらうつもりだった以上、そんな手抜かりは絶対に犯さないだろう。つまり被害者は、今もどこかで人知れず監禁されている可能性が高い。

人間は成人の場合、食べなくても一週間、長ければ十日は生存できる。けれど、水を飲まなければ、三、四日で死んでしまう。

瀬川達樹が被害者を拉致したのが、仮に直近の四日前——私が歌舞伎町のバー《ゾラ》で瀬川達樹を見つけた日だ。それ以降、彼に被害者を拉致する時間的余裕はなかったはず——だとすれば、被害者は今日にも限界を迎えてしまうことになる。もちろんこれも、あくまで推測に過ぎない。とっくに手遅れになっている可能性はあるし、あるいはとんでもない勘違いの取り越し苦労という可能性もある。けれどそれらと同じだけの確率で、今この瞬間もみるみる衰弱していき、死の間際で助けを求めている被害者がいるのかもしれない。それを見て見ぬ振りをすることは、今の私はしたくなかった。

タオルを肩にかけ、キッチンのほうへと戻る。冷蔵庫からほうじ茶のボトルを取り出し、口をつけた。息をつく。

では、被害者は一体どこに監禁されているのだろう。

関野優香、門奈美玲の二人は、瀬川達樹にとって本来イレギュラーな獲物だった。造船所が潰れ、自身を保つプライドの拠(よ)り所(どころ)を失った瀬川達樹は、これまでとは異なる猟奇的な殺しをして、より大きなストレスの捌け口とした。

けれど今回さらった被害者は、おそらく瀬川達樹がルーティンとして繰り返してきた、目立たない殺人に属するものだろう。でないと、永里貴寿をスケープゴートに仕立てた意味がなくなる。彼が逮捕されたのに、同じ手口の殺しが続いたのでは本末転倒だからだ。

これまで瀬川達樹は各都道府県ごとに現場を変えて殺しを行うことで、警察の情報共有の穴を突き、捜査の手を逃れてきた。今回もその手口を踏襲したとすれば、瀬川達樹がどこで殺しを行ってきたか、またどこで行っていないかを調べれば、被害者が監禁されている場所を特定できるかもしれない。

けれど、皆川管理官とは現状、連絡がつかなくなっている。瀬川達樹の過去の犯罪を参照しようにも、各都道府県警へ問い合わせるすべが私にはない。

手詰まりか——そう思ったときだった。

はっとする。一つだけ、ある方法を思いついた。

謹慎中に動くことがどれだけ危険なことかはわかっているつもりだった。そもそも警察手帳を没収された今の私は、立場的には一般人と何ら変わりがない。

けれど、それでもやらなければならない。

私が警察官でいられるのは、きっとあとわずかな間だけだ。

それでも——いや、だからこそ、引け目の解消なんて理由ではなく、私は私自身がそうと思える正真正銘の警察官でありたい。最後の、最後まで。

窓のほうに近づき、空を見上げる。

長らく降り続いていた雨は、ようやくやんでいた。

2.

午前十時過ぎ、コンビニのおにぎりで手早く腹ごしらえをした私は、木場駅から東西線に乗った。向かった先は、早稲田の東京警察医療センターだ。

「――おはようございます、阿良谷博士」

皆川管理官に連絡が取れなかったので、私はいちかばちか、センターの受付をアポなしで訪れ、精神科の医局に取り次いでもらった。

運よく今日の担当が顔見知りの青柳医師だったため、かなり渋られたものの、最終的には博士の〝研究室〟へと通してもらえた。接見を重ねたおかげで、すでに警察手帳が不要だったことも助かった。

阿良谷博士は相変わらず、私が差し入れた革張りの大きな椅子に足を組んで座っていた。こちらに横顔を向け、開いた本のページに目をやったまま言う。

「……午前十時を回った辺りから、朝の挨拶の使用に抵抗を覚える人間が半数を上回る、というデータがある。朝食の時間から体感で二時間以上経っているから、現在時刻は十時過ぎ。その挨拶は不適当だ」

こちらもまた相変わらずの不機嫌そうな憎まれ口に、私はなぜか安心感を覚えてしまう。けれど、悠長になごんでいる暇はない。私はすぐに気を引き締めた。

「博士。連続猟奇殺人の真犯人が、何者かに殺害されました」

この報告には、さすがの博士も本から視線を外した。こちらを見て、眉をひそめる。

「……殺された？」

例によって持ち時間は十五分しかない。それでも状況が錯綜しているため、私は貴重な五分を使って、これまでの経緯と現状を説明した。

「――そうか」

最初こそ表情に変化があったものの、その後は特に動じた様子のない博士に、私は小さく眉をひそめた。瀬川達樹は、いわば今回の博士の研究対象であり、貴重なデータ元だ。それが誰かに殺されてしまって、内心、激怒でもするのでは、と心配していたのだけれど。

そんな私をよそに、椅子を回転させて身体ごとこちらを向いた博士は訊いてきた。

「それで？　今度は、その真犯人を殺害した何者かのプロファイリングをしろとでも？」

今回は私が質問する番からだ。もちろんそれも気になるし放ってはおけない。けれど、今私がやるべきことはプロファイリングの依頼ではない。

「さっき説明した通り、瀬川達樹は事切れる前に、すでに新たな被害者を殺害目的で拉致していることをほのめかしました」

博士は目を細めた。私が何を言うつもりか、察したのだろう。

「そもそも、この瀬川達樹の言葉は信じるに足ると思いますか？」

「当然足る。快楽殺人者は容疑を逃れるため、あるいは罪を減じさせるためならいくらでも嘘をつく。だが、やってもいない被害者の存在をほのめかして、虚勢を張るようなことは絶対にしない」

椅子の上で片膝を立てた博士は、事もなげに断言する。

では、やはり今も被害者はどこかに監禁されているのだ。そしてこの瞬間にも、その命の砂時計が尽きるかもしれない。

私は逸る気持ちを抑え、訊いた。

「その被害者の監禁場所を特定する情報が欲しいんです。博士の分析通り、瀬川達樹は各都道府県ごとに現場を変えて殺しを行っていた可能性が高いです。実際、東京、埼玉、千葉では、ここ二十四年のうちに二十代から三十代の女性が殺害された未解決事件がありました。国内外の事件のデータを記憶している博士なら、他にどの府県に該当するケースがあるのか、わかるはずです」

案の定、阿良谷博士の眉根が盛大に寄った。

「……僕は犯罪心理学者であってデータベースじゃない。そもそも猟奇犯罪ならともかく、ただ二十代から三十代の女性が殺された、というだけの事件なんて記憶に入ってるかどうかも怪しい。警察のネットワークが使えないのなら、図書館でもネット検索でも使って調べればいいだろう」

「そこをなんとか」

私がもはや理屈抜きに拝み倒すと、博士はいよいよ半眼になった。

もちろん無茶を言っていることは重々承知している。対象は文字通り、過去の国内の殺人事件すべてに広がってしまう。そんな中から該当するケースを、記憶だけを頼りに掘り起こすなど、もはや人間業ではない。

けれど、各道府県警の協力なしに該当の事件を調べようとすれば、それだけで日が暮れてしまう。労を惜しむつもりはないけれど、今は一刻を争う状況だ。

それに――。

博士と関わりを持ってから、まだそれほど長くはない。毎回十五分という接見の制約を考えれば、実際に顔を合わせた時間は、ひょっとすると一時間にも満たないかもしれない。それでもその時間は、私の人生の中で他に比べようもないほど濃密なものだった。だから博士のことをほんの少しは理解できたつもりだし、一体どれだけのことができるのかもある程度はわかっているつもりだ。〝怪物〟というその異名が真の意味で伊達ではないことを、私はすでに目の当たりにしている。

私が目で訴えると、やがて博士は小さく息をついた。膝の上に頬杖をつくと、

「……少し時間を使う」

そう言って、外界を遮断するように目をつぶった。傍目には眠ってしまったようにも見える。けれど、きっと今博士は該当するデータがないか、迷宮のように巨大な頭の中の書庫のすべてのファイルを猛烈な速度で検索しているのだろう。

私は足音はもちろん、衣擦れの音すら立てないように注意しながら腕時計を確認した。残りあと七分。時間がない。それでも決して声はかけずに、じっと待つ。

もう一分ほどしてから、博士は目を開けた。海中から帰還したかのように、長い息をつく。

そして、

「……過去二十四年に遡って、東京、埼玉、千葉で確認が取れているものと類似の未解決事件は、全国で二十三件。該当する県は北海道から沖縄にまでわたっている。関東だけなら先の三都県に加え、神奈川がそうだ」

私が目を見開くと、博士は不機嫌そうに付け加えた。

「ちなみに、記憶の確度はせいぜい九割から九割五分だ。十割の確証はない」

「……充分高いと思います」

博士の常人離れした記憶力に、そしてこの難題に対してまで完璧を求めるストイックさに、私は改めて舌を巻いた。

ともかく関東では、残る茨城、栃木、群馬の三県が現場の候補になるとわかった。それでもまだ今日だけで何とかするには数が多いし、まして関東以外の地域が正解だとすれば正直絶望的ではある。それでも、これまでの雲をつかむようだった状況からすれば、まさしく飛躍的な進展だ。

私は、瀬川達樹が犯行の現場に選んだ可能性のある他の道府県すべてを博士から聞き、手帳にメモした。

「――僕の番だ」

今は被害者に残された時間が少ない。できれば博士が質問する番は今度にしてほしかった。

けれど、はたと気づく。

もうすぐ警察官でなくなる私が次にここを訪れる機会は、きっともう来ない。ここで博士の質問に答えておかなければ、二度とそうできないのだ。それはフェアではない気がした。

「どうぞ」

私が応じると、博士は、

「これからどうするつもりだ」

と言った。

私は小首をかしげ、

「はあ。それはもちろん、博士の分析を参考に捜査を――」

「そうじゃない」

続けて何か言いかけた博士は、けれどすぐに口を閉じた。言葉を探すように、小さく頭を掻く。けれど適当なものが見つからなかったのか、

「……もういい。さっさと行ってくれ。時間がないんだろう」

やがて椅子を回転させて横を向くと、私を追い払うように手を振った。まだまともに答えていないけれどいいのだろうか。……いや、博士がそう言うのなら。

心持ち姿勢を正して、私は言った。

「阿良谷博士。諸々のご教授、ありがとうございました。お目にかかれるのは、きっとこれが最後になります」

当然博士もそれは察していただろう。けれど、特に感慨もないのか何も言わなかった。

私も返事を求めていたわけではなかった。

ただ博士には、私が警察官になった理由とは何なのか、自分でも気づいていなかったそれを気づかせてもらった。その感謝を、直接でなくとも伝えておきたかった。

　だから、

「博士が、博士自身の答えにたどり着けることを願っています」

　私はそう言って一礼した。やはり返事は期待していなかったのですぐに踵を返す。

　そこへ、

「――たどり着くさ。必ず」

　不機嫌な声が追いかけてきた。

　振り返ると、博士はこちらに背を向け、再び本へと戻っていた。

　研究のために道を踏み外して死刑囚となり、世間から隔離され、それでも己の答えを求めて邁進する――孤高とも言えるその背中を見ながら、ふと思う。

　はたして私のほうは、自身の答えにたどり着けるだろうか。

　どうして両親は殺されたのか。

　どうして犯人は私だけを見逃したのか。

　どうして私は今も生きているのか。

　もちろん知りたいとは思う。ただ悔しいけれど、状況がそれを許さないだろう。私はもうすぐ警察官ではなくなるのだ。

　あるいは私でなくとも、もっと優秀な他の誰かが犯人を逮捕して、事件を解決してくれるかもしれない。けれど、事件はもう二十年以上も前のことだ。新たな証言や物証が出てこない限り、捜査の進展を望むのは難しい。

……いや。

ひょっとすると、それもあり得たのかもしれない。

目の前には、最先端かつ独自の分析メソッドと博覧強記の頭脳を持つ、天才犯罪心理学者がいる。今後も私が警察官として彼の協力を得られていればいつか、私の両親を殺した犯人に手が届くときが――。

「………」

首を振った。今はあり得ない未来を夢想するより、他にやるべきことがある。

私はもう一度小さく頭を下げてから、今度こそ博士のもとをあとにした。

東京警察医療センターを出た私はスマートフォンを取り出し、ある人に電話をかけた。

これからどうするべきか、何度も考えてみたけれど、どうしても他に思いつかなかった。

幸い相手は問題なく出てくれた。けれど、知らない番号からかかってきたせいか、それともいつもこうなのか、露骨に訝(いぶか)しんでいた。もしこの通話を切られれば、私が手繰れる糸も切れてしまう。

「氷膳です。実は一つだけ、お願いがあってお電話しました」

相手が会話を遮らないうちに、私は用意していた言葉を一息に続けた。

3.

相手の指示で、話をする場所は木場駅前にある蕎麦屋に決まった。昔からこの土地で商売をしているとおぼしき、古いテナントビルの一階に入った《松庵》という店だった。

約束こそ取り付けたものの、待たされることもすっぽかされることも覚悟していたけれど、幸い相手は時間きっちりに一人で来てくれた。

引き戸を開け、立ち上がった私の向かいに断りもなくどかりと座ったのは、四係の仙波主任だった。

おそらくこちら方面で捜査があったときによく立ち寄る店なのだろう。ベテラン刑事は品書きも見ないまま奥にいた店主に特上天ざるを注文すると、卓上に肘をつき、ぐいとこちらに詰め寄るようにして言った。

「お前、どこで俺の番号を知った？」

前置きなしの、まるで取り調べさながらの低い声に、私は椅子に座り直して神妙に答えた。

「捜査本部で電話番をしていたので、記憶していました」

仙波主任は眉根を寄せた。もちろん感心したのではなく呆れたのだろう。とはいえこの程度、博士のそれにくらべれば大したものでもない。

まだ昼時には少し早いせいか、店内に他の客の姿はなかった。それでも話の内容が内容だけに、私は声をひそめて言った。

「電話でもお伝えした通り、瀬川達樹は、関野優香、門奈美玲の他にも、別の被害者を拉致しています。その被害者の捜索に力を貸してください」

私が言い終わるか終わらないかのうちに、仙波主任は目を細めた。みるみる周囲の空気が膨らむ。返答いかんでは、今度は私の鼻面にこぶしが飛んできそうだった。

「……相変わらずふてぶてしい女だな。謹慎を食らってる最中にのこのこ出歩きやがって。おまけにこのクソ忙しいときに、協力しろだと？　自分がどれだけ面の皮の厚いこと抜かしてるか、わかってんのか？」

わかっている、とはとても言えなかった。現在、捜査員たちが忙殺される原因を作ったのは私であるという後ろめたさのせいもある。

けれどそれ以上に、これまで自分は警察官の何たるかなど一つとしてわかっていなかった――そう自覚していたからだ。

それでも、

「……お願いします。捜査本部では、きっと新たな被害者のことは取り上げられていないはず。今この瞬間にも、被害者が死んでしまうかもしれません。ひょっとすると、もう手遅れになっている可能性もあります。けれど、それでも——」

どうかお願いします、と私は頭を下げた。

仙波主任がじっと私を見つめているのがわかる。けれどその鋭い目の中に、なぜここまでする？　という疑問が含まれているのを感じた。

「また管理官の顔色うかがいか」

「いえ」

顔を上げ、私はまっすぐに言った。

「私自身の意思です」

おしぼりとお冷やが運ばれてきた。仙波主任はそれに手をつけることなく、ややあってからこう訊いてきた。

「お前、この話をなんで署の同僚じゃなく俺に振った」

「……それは」

私は考えながら言った。

「……仙波主任は以前、犯人を憎む気持ちがない私を咎めました。けれど、私の単独捜査そのものは特に問題にしなかった。だからきっと主任は、犯人逮捕や被害者を救うためなら、多少の横紙破りやスタンドプレーも辞さない。そう思ったからです」

それに、と内心で続ける。

あのとき私は、仙波主任の刑事としての眼力の鋭さに、場違いにも感動したのだ。だから被害者の居場所がわからないという、文字通り雲をつかむような今の状況に置かれたとき、主任のことが真っ先に頭に思い浮かんだのだと思う。……自分のような平刑事が本庁の主任刑事をつかまえて言うにはあまりに僭越すぎて、とても口には出せないけれど。

「どうして被害者がまだいると断言できる？」

もし。

もし主任にこれを訊かれたときは、すべてを打ち明けようと決めていた。

正直、話さずに済ませる方法も考えた。もしこれを問題にされれば、私自身いよいよ抜き差しならなくなるのはもちろん、皆川管理官にもさらなる迷惑がかかってしまう。けれど、曖昧な根拠で主任が動いてくれることは絶対にないだろう。それに主任なら、不必要に他言したりもしないだろう、とも思えた。

かすかに喉の渇きを覚える。けれどお冷やのグラスには手をつけず、依然鋭い目つきのままの仙波主任に、私は言った。

「――仙波主任は、阿良谷静のことをご存じですか」

「……阿良谷？」

最初は、誰だそれは、という顔をしていた仙波主任は、私が阿良谷博士と関わりを持ってからこれまでのことを打ち明けるにつれ、みるみる顔色を変えた。きつくひそめられていた眉根はますますその険しさを増し、やがては深いため息に取って代わられる。

「……よもや、そんな馬鹿げたやり方をしてやがったとはな」

頭を押さえる仙波主任に、私は続ける。

「阿良谷博士の分析は、これまでどれも的確でした。数字にすれば、文字通り十割の確度です。その阿良谷博士が、新たな被害者はいる、と断言しています」

主任は小さく鼻を鳴らすと、思ってもみないことを口にした。

「お前の目の色が変わったのも、その阿良谷のせいか」

「それは……」

ふと、これまでの博士との濃密な時間が目の前に浮かぶ。最初は脅され、追い返されるところだった。けれど、犯罪者にもかかわらず妙に律儀なその性格のおかげで、互いに必要な情報のやりとりを重ねた。そしてその中で、まるで世界中のすべてが敵だとでも言わんばかりにいつも不機嫌そうな彼が、どうして道を踏み外してまで研究に邁進するのか、その理由を知った。私もまた、自分がどうして警察官になったのか、その本当の理由に気づかされた。

「そうかもしれません」

　主任は再度、小さく鼻を鳴らした。一笑に付されたようにも、別にどうでもいいがな、と言われたようにも思える。

　けれど、

「……ったく。しれっととんでもねえ話持ってきやがって」

　私の勘違いでなければ、口元を手で覆ったその顔には、私の申し入れを検討している様子が見て取れた。

　もちろんすぐに頷ける話ではないだろう。私は瀬川達樹殺害の重要参考人で謹慎中、処分待ちの身だ。そんな私が持ってきた話で、しかも新たな被害者がいるという根拠が調書にも載せられない阿良谷博士の分析とあっては、リスクの高さは尋常ではない。

　それでも、そのリスクを捌き、したたかに立ち回ってこその刑事――主任はそんな信念の持ち主だ。私はある意味、主任の刑事魂に付け込んだとも言える。そして、仙波主任ならそんな私の浅知恵すらも丸ごと呑み込んだ上で、きっと被害者のために動いてくれる――そう信じた。

「……最初はうちの若いのを呼びつけて、適当に痛めつけさせてから署に突き出してやるつもりだったんだがな」

　恐ろしいことを平然と言われ、私は口を閉じた。

仙波主任はグラスを手に取り、ごくりとお冷やを飲む。そして、私をにらんで言った。

「被害者を保護できたら、手柄は全部こっちでいただく。一切お前の点数にはならんし、だからお前の免職も覆ったりはしない。それでいいな」

これらはすべて電話で伝えていたことだ。私とて我が身は可愛い。それでもここから先は、私にとってそれより大事な何かのためにすることだ。

そこへ、主任の注文していた蕎麦がやってきた。

無言のままおしぼりで手を拭いた主任は、割った箸でつやのある二八の蕎麦をつまみ、つゆにつけてずぞっとすする。まさしく刑事の昼食といった風情だ。ちょっと憧れてしまう。

少し考え、訊いた。

「あの、主任。私もお蕎麦頼んでよろしいですか？」

「好きにしろ」

「今更ですけど、払いは私が持ちますので」

「当たり前だ」

主任はそう言って、特上の海老天をざくりと噛んだ。

昔から私は麺類をいまいちうまくすすることができない。なので蕎麦も、パスタのよ

うに箸にくるくると巻いて食べる。そんな私の不恰好な食べ方に呆れた顔をしながら、

「で、具体的に俺に何をさせたいんだ」

仙波主任は私のことを試すように訊いてきた。

「瀬川達樹が新たに被害者を拉致しているとすれば、それはこれまでにまだ殺人を犯していない府県でだと考えられます」

蕎麦をすすりながら目顔で続きを促す主任に、私は訊き返した。

「瀬川達樹は、関野優香、門奈美玲を拉致したときやその遺体を遺棄したとき、間違いなく車を利用しています。けれどアパートに車はありませんでしたから、利用したのは十中八九レンタカーです。その辺りの裏付けはどうでしたか？」

話の流れが見えたのか、主任はすぐに言った。

「瀬川達樹が利用したのはレンタカーだ。自宅のそばにあるチェーン店で平然と借りていやがった。店員が瀬川達樹の顔を憶えてたし、利用時に提出させた免許証のコピーで確認も取れた」

「その車輌も特定できていますよね」

「当然だ」

私が取り調べを受けている間にも、大勢の捜査員が身を粉にして得た成果だ。内心でそれに感謝する。

箸を置いた主任は手帳を取り出した。ページをめくり、メモを参照する。

「瀬川達樹がレンタルしたのは、永里貴寿が所有するのと同じカラーのSUVだ。関野優香、門奈美玲が、それぞれ拉致されたとおぼしき時期、そして遺体が遺棄されたとおぼしき時期の計四回、一泊二日でな。返却時には後部座席を念入りに掃除したらしいが、鑑識が調べたところ、シートの隙間から門奈美玲の毛髪が採取された」

そこまで裏付けが取れた以上、永里貴寿の冤罪は、これでほぼ間違いなく晴れるだろう。そのことにほっとしながら、

「それ以外に、瀬川達樹がレンタカーを借りた記録はありませんでしたか？」

半ばあってほしいという気持ちを込めて訊くと、主任は目だけで私を見た。何だろうと思っていると、

「お前、刑事になって何年経つ」

突然そう訊かれた。

「……丸一年ですけど」

どういう意図の質問だろう、何か粗相でもあっただろうか（いやすでに山ほどしているけれど）、と内心で冷や汗を掻いていると、仙波主任は何も言わず鼻を鳴らした。さすがに疑問を顔に出す私に、

「記録ならあった」

と、素っ気なく続ける。

「五日前だ。別のメーカーだったが、瀬川達樹はまたSUVを一泊二日で借りてる」

五日前！

私が歌舞伎町のバー《ゾラ》で瀬川達樹を見つけた日の、さらにその前日だ。まさか呑気にドライブに出かけたのでもないだろう。たまらず訊いた。

「捜査本部では、それをどう考えているんですか？」

「考えるも何も、あらゆる可能性を視野に入れて目下捜査中だ」

たしかに、あやふやな情報で動けば本部は混乱するだけだ。一つ一つ確実な情報だけを積み上げていって、それを基に次なる方針を決定する。その繰り返しが捜査の正道だ。けれど。

もしその五日前に瀬川達樹が新たな被害者を拉致したのだとすれば、今もどこかで監禁されている被害者は、すでに限界を超えている……。

焦燥に駆られながら、私は訊いた。

「車の行き先は？」

「わからん。対象の車輛にはドラレコが装備されてなかったし、ナビは走行記録どころかGPSまでオフにされてた。Nシステムにも該当ナンバーはヒットしてない」

Nシステムとは走行中の自動車のナンバープレートを自動的に読み取り、手配車輛のナンバーと照合するシステムのことだ。ナンバーの読み取り装置は主に、幹線道路や高速道路に取り付けられている。それにヒットしなかったということは、瀬川達樹は細い下道を使った可能性が高い。周到な瀬川達樹なら、それぐらいは事前に備えていただろう。

「車輌返却時の走行距離は？」

私の矢継ぎ早の質問に、主任は手帳を見ながらすぐに答えた。

「三一八キロだ」

……長い。私は頭の中に地図を広げた。東京から片道一五〇キロとすると、その円には関東だけでなく、山梨や静岡、長野の一部まで入ってしまう。どうする。これ以上どうすればいい。

「さっさと食え。食ったら行くぞ」

他に手がかりがないかとじっと考え込む私に、主任が言った。顔を上げると、主任は最後の蕎麦をつゆとともに流し込んでいた。私も慌ててそれに倣う。

「ごっそさん」

私が会計を終えるのも待たず、主任はがらりと一人で店を出ていく。すぐにそのあとを追い、訊いた。

「あの、行くってどちらへ」

永代通りを足早に歩きながら、主任は私の質問を無視してこう命令した。

「タクシー拾っとけ。日光まで行くぞ」

「日光？　どうして――」

突然出てきた地名に戸惑う私を、主任は鋭く一喝した。

「やかましい、とっととやれ！　もたもたしてると被害者が死ぬぞ！」

私ははっとして、

「はい」

駆け足で主任を追い越した。日光に行くのなら、車は反対の車線で拾ったほうがいい。交差点を渡り、車の流れに目を向ける。……どうしてだろう。雷を落とされて嬉しく感じるなんて、人生で初めてのことだ。

日光までの遠征と告げると二回乗車拒否されたものの、三台目に停めたタクシーでようやくオーケーが出た。

その間、主任は私の後ろで仕事用とおぼしきスマートフォンで誰かと通話をしていた。

「……そうだ、県警に照会しろ。ああ、俺の名前を出していい。それから立浪と笛吹、お前たちは俺の分の鑑取りもだ。ああ？　江東署の刑事？　そんなもん、そっちでなんとかしてろ！」

どうやら仙波班の部下に、捜査本部で自分が割り振られた捜査を任せているらしい。

途端に文句が返ってきたのだろう、主任は怒鳴った。

「いいからやれ！　ただし、うちのインテリ眼鏡には気づかれるなよ。いいな！」

問答無用でスマートフォンを切ると、主任は私が停めたタクシーの後部座席に乗り込んだ。私もそれに続く。車は指定した日光に向かうべく、首都高速の入り口へと走り出した。

「主任。どうして日光へ？」

　私がシートベルトを締めながら訊くと、主任はようやく答えてくれた。

「……俺はプロファイリングなんて柄じゃねえが、殺しをやるやつがどういう人間かってのはわかる。これまでのやり口からして、瀬川達樹は殺しを自分のヤサでじっくり楽しむタイプだ」

　たしかに、瀬川達樹は殺害とその後の処理の現場に、自分が働いていた帆村造船所の船渠を選んでいる。見ず知らずの場所を選ぶタイプではないという意見には、私も頷けた。

「瀬川達樹については、ある程度は調べがついてる。歳は四十四。生まれと育ちは門前(もんぜん)仲町(なかちょう)。両親はもう死んでるが、父親は土建屋の社長をやってたらしい。瀬川達樹はその家の一人息子で、いわゆる小金持ちのボンボンだな。おかげで何不自由ない生活を送ってたらしい。本人も取り立てて変わったところのない、普通の子供だったようだ。だがそんな生活も、やつが十代の頃までだった」

「というと」

「父親の会社が倒産したんだ。折からの不況でな。それまでの無理に心労も重なってか、父親はその半年後にくも膜下出血で死んでる。まあ掃いて捨てるほどよくある話だが、当事者にとっちゃ足元が崩れるに等しい一大事だったろう。その頃、瀬川達樹は志望大学を目指して三浪中だった。本人の希望じゃなく親から強制されてだったが、机に座った試験はからっきしだったらしいな。ともあれ父親が死んで、とても大学どころじゃなくなった。瀬川達樹は進学をあきらめて、父親の知り合いだった帆村造船所で働き始めた。受験はぼろぼろだが手先は器用で、職人として客からは腕を評価されてたようだ」

車は永代通りを右に折れ、木場料金所から首都高速に入った。今更だけれど、このタクシーの乗車料金は誰が払うのだろう。いや、もちろん私だろう。木場から日光まで都県を跨いで、しかも高速料金まで入れると……。やめよう。今は考えたくないし、そうするべきときでもない。

そんな私の心配をよそに、主任は言った。

「瀬川達樹の父親の会社は羽振りのよかった頃、保養所としていくつか別荘を購入してる」

「別荘？」

「ああ、現地再開発の一環で建てられた新築をな。税金対策なんだろうが、再開発後も思ったほど価格は上がらず、うまく転売できなかったようだ。そうこうしているうちに会社のほうが一気に傾いた。その頃には別荘のほうも経年劣化や豪雨被害であちこちガタが来ていて、価値は大幅に減じてたらしい。結局二束三文で手放して、今は管理会社の手に渡ってるそうだ。その別荘の所在地が、湘南(しょうなん)と日光だ」

主任は腕を組んだ。

「一度買った別荘を、ただ使わず放ったらかしてたってことはねえだろう。瀬川家は何度か保養所として利用していたはずだ。別荘なら立地はそれなりに閑静だろうし、出入りがあっても近隣からは気づかれにくい。本当に瀬川達樹がこれまでに各県で殺しを繰り返してたのなら、久しぶりのルーティンには手っ取り早く土地勘のある場所とヤサを使うだろう、ってのは俺の考えすぎか？」

私は目を見開いた。たしかに、その推理は頷ける。神奈川はもう過去に該当する事件があったので、湘南は外れる。それなら残るは栃木の日光だ。

「ですけど主任。たった四日間で、そこまで調べられたんですか？」

いくら上から瀬川達樹の鑑取りを割り振られたとしても、普通、倒産した父親の会社がかつて所有していた不動産のことなど、まず調べはしないだろう。

すると背中をシートに預けた主任は鼻を鳴らし、

「は、自分で頭と鼻をきかせて獲物を追うのが刑事だろうが。クサいと思えばとことん突っ込むのは当たり前だ。言われたことだけやりゃいいのなら、バイトでも雇ってやらせてろ」

これが本庁捜査一課の刑事、と私は改めて感銘にも似た気持ちを覚える。……それを生かす機会はもう訪れないだろうけれど、それでもこの気持ちはよく憶えておこう。私はそう思った。

ジャンクションをいくつか経由して首都高を抜け、やがて車が東北自動車道――埼玉へと入った頃だ。仙波主任のスマートフォンが鳴った。部下からの連絡だったらしく、いくつかやりとりをしてから通話を終えた主任は、眉間に険しい皺を刻んで言った。

「栃木県警に、ここ一週間で二十代から三十代女性の捜索願が出てないか、部下に問い合わせさせた。……出てるそうだ。市村沙也加、二十一歳。住所は宇都宮。同市内の大学生だ。五日前の夜から自宅に帰ってこず、本人と連絡も取れなくなった、と同居してる家族から地元の警察署に届けがあったらしい」

私は緊張に口元を引き結ぶ。市村沙也加。その彼女が、瀬川達樹に新たに拉致された被害者で間違いないだろう。

「ですけど、瀬川達樹はその市村沙也加をどうやって見つけたんでしょう。適当に、目についた女性をさらったんでしょうか」

そんな行き当たりばったりなやり方は瀬川達樹にはそぐわない。口元に手を当てて考えながらそう言うと、

「ほぼ間違いなくSNSだろうな」

主任の説明によると、押収した瀬川達樹のスマートフォンからSNSを利用している形跡が見つかったという。

たしかに県や市などの大まかな住所を公開していたり、さらに投稿内容を吟味すれば、個人の特定が可能なユーザーもきりがないほどいる。衛星写真や地図アプリなど、それに利用できるツールにも事欠かない。もはや時間と手間をかけずとも、東京にいながら各地の標的を探すのは難しくなかっただろう。

ふと、

「……そういえば」

と、主任が思い出したように言った。

「お前、あの『世田谷夫婦殺害事件』の遺族だったな。それで、あの管理官ともツーカーだったわけか」

私の両親が殺害された事件を担当したのが皆川管理官だったことは、取り調べでも話している。どうして今更そんなことを？　と小首をかしげる私に、

「そうじゃない。……お前、ひょっとして知らないのか？」

仙波主任は事もなげに続けた。

「管理官の連れ合いも、たしか殺人事件の被害者だったはずだ」

え、と私は絶句した。

知らなかった。

仙波主任は意外そうな顔つきになり、

「あん、なんだ。本当に知らなかったのか？　被害者は管理官と同い歳で、まあ、まだ籍は入れてなかったはずだが」

「……その犯人は？」

「捕まってないはずだ。挙げられたとなりゃ、それなりに噂になるはずだからな」

それは——。

「なんだ。どうかしたか？」

まともに返事ができなくなった私に、主任は怪訝（けげん）そうな顔で首をかしげた。

4.

私たちを乗せた車はその後も東北自動車道をひた走り、すでに栃木県へと入っていた。

宇都宮インターチェンジで日光宇都宮道路（にっこううつのみやどうろ）に乗り換えてしばらくすると、道路は曲がりくねりながら山中へと入っていった。

やがて車は中禅寺湖の湖畔へと出た。のどかな避暑地といった風情で、湖周辺には土産物屋や食事処などがいくつもある。けれどオフシーズンである今は、いささか閑散としていた。瀬川達樹の父親の会社がかつて所有していた別荘は、このそばにあるらしい。

「そこを左だ」

別荘の住所を検索したスマートフォン片手に、主任がナビをする。それに従い、車は湖畔沿いを離れ、両側を緑に囲まれた坂道を登っていく。すぐに舗装が途切れ、路面は砂利敷きになった。

時刻は午後二時三十分。日が暮れるにはまだまだ早い。それでも鬱蒼と茂った常緑樹の枝葉に遮られ、辺りは薄暗かった。昨日までの雨はこちらでも降ったらしく、砂利道がぬかるんでいる。タイヤがスタックしないよう慎重に車が登っていく中、主任が言った。

「あれか」

その別荘は、坂の行き止まりの辺りにぽつんと建っていた。それなりに大きい切妻屋根をいただいた、ペンション風の木造建築だ。

「ここでいい。停めろ」

仙波主任は別荘から五十メートルほど離れた地点でタクシーを停めさせた。たしかに瀬川達樹が出入りしていたのなら、どんな危険があるかわからない。

運転手に待っているよう指示してから、私たちは車を降りた。濃い緑と土の匂いがする冷たい空気の中、跳ねを飛ばしながら正面玄関へと向かう。

別荘の壁は白いペンキが剝げてすっかり褪せており、経年の劣化を隠し切れないでいた。管理会社と連絡先が書かれた看板がかかっており、未だ誰の手にも渡っていないようだ。

仙波主任は三段ほどの階段を上がると、出入り口のドアノブをつかんだ。けれど鍵がかかっているらしく、押しても引いても開く気配はない。

「おい、誰かいるか！」

ノブをがたがたと鳴らし、さらにドアを叩きながら、主任が呼びかける。耳を澄ませてみるけれど、別荘の中から物音は一切聞こえてこなかった。一瞬、新たな被害者がいるなどただの杞憂だったのでは、という考えが脳裏をかすめる。主任もそうだったのか、露骨に眉をひそめた。けれど、

「おい、お前はそっちから回れ」

どこか異変がないか、あるいは入れそうなところがないか、別荘の周囲を探れ、ということだろう。

私は頷き、命令された通り左手のほうから建物の周りを見て回った。山は深く、やわらかい土に足を取られそうになる。子供の頃の瀬川達樹は、ここでたっぷりと昆虫を捕まえて遊んだのだろうか。そんなことを考えながら、家屋をおよそ四分の一周ほどしたところではっとした。

窓が割れている。雨が吹き込んだせいか、閉じられたカーテンはひどく汚れていた。けれど、長年放置されていた末の汚れには見えない。まだ新しいものだ。

「主任」

私はすぐに仙波主任を呼んだ。駆けつけた主任は状況を検分し、素早く決断した。

「俺が先に行く。お前はあとから来い」

そう言ってガラスの破れから手を入れ、窓のクレセント錠を下げる。からり、とサッシを開けると、窓枠に手をかけ、思ったよりも身軽に乗り越えていく。私もそれに続いた。カーテンをよけ、土足で室内に下りる。

そこは九畳ほどの広さの寝室だった。電気が来ていないので明かりがなく、室内は薄暗い。壁と天井は白い壁紙で、オークカラーのフローリングの床にはクリーム色のラグが敷かれている。その床に積もった埃に、何かを引きずったような跡と人間の足跡がくっきりとついていた。間違いない。この数日の間に誰かが立ち入っている。私は確信した。主任も同様だろう。立ち入ったのは瀬川達樹だ。市村沙也加はここに監禁されている。
　室内には埃よけのクロスがかけられたベッドと、クローゼットが一つあった。主任は
そのクローゼットの戸を開けた。けれど中には何も入っておらず、がらんとしている。
私はその背中をフォローするように立ちながら辺りを見回したけれど、他に人ひとりを
隠しておけそうなところは見当たらない。
「おい、誰かいないのか！」
　主任は廊下に向かって大声を出す。けれどそれは空しく屋内に響くだけで、やはり反
応はない。主任は舌打ちしながら、ずかずかと薄暗い廊下を進んだ。私もそれを追う。
一階にあるリビングやダイニング、キッチン、他の寝室、風呂やトイレまで次々に見
て回る。その際、やはり床には足跡や、埃の乱れといった明らかな痕跡があった。血痕
が見当たらないのは幸いだったけれど、肝心の被害者の姿も見えない。
　私たちは階段で二階に上がった。
「くそ、一体どこだ⁉」
　苛立ちもあらわに吼える主任に、私は言った。
「まさか一度ここに拉致したあと、どこか別の場所に移したんでしょうか？」
「そんなわけがあるか！　こんな誰も来ねえところ以上に、監禁に適した場所があるわ
けねえだろう！」

たしかにそうだ。けれど、だとすれば被害者はどこに？

二階をすべて見て回った主任は、部屋のカーテンと窓を開けて周囲を見渡した。それをよそに私は、落ち着け、と自分に言い聞かせる。被害者は必ずここにいる。それは状況証拠的に間違いない。それでも見つからないということは、つまりまだ探していない場所があるのだ。それは一体どこだ。屋根裏？　いや、瀬川達樹一人で被害者をそんな場所に押し上げられたとは思えない。では？

と、そのときだった。ふと脳裏に、唐突に子供の頃の思い出がよみがえってきた。

小学生のとき、林間学校で、市川の自然の家に宿泊したことがある。養護施設育ちなので集団での活動自体は特に新鮮な体験ではなかったけれど、そこには一つだけ、そんな私でも目新しく思えるものがあった。それは――。

「――――」

私は打たれたようにその場から駆け出した。

主任の声にも構わず階段を下りると、ダイニングと続きになったキッチンに飛び込む。使いやすそうなシステムキッチンの床には古びたマットが敷いてあり、ここも埃が乱れている。

もっと早く気づくべきだった。管理会社の管理下にあるのだから、当然ガスや水道も止められているはずだ。にもかかわらず、どうしてキッチンに立ち入る必要があったのか？

私はマットを剝がした。すると床にはステンレスの枠と、床と同素材の木目の蓋が張られていた。蓋は三枚で、全長二メートルほど。すぐにそのフックを起こす。

自然の家で私が目新しく思ったもの――それはキッチンの床に備え付けられたパントリーだった。いわゆる食料貯蔵庫だ。大人でも入り込めるぐらいの大きさのそれが、まるで秘密基地のようでおもしろく、つい中に入って遊んでいた。それを先生に見つかっておおいに叱られたものだ。閉じ込められてしまうから、決して中に入ってはいけませんよ、と。

蓋が開くと、たちまち饐えた異臭が鼻をついた。私は言葉を失う。

パントリーの中には髪の長い女性が一人、仰向けの状態で押し込まれていた。服はおろか、下着すらつけておらず、その両手両足はロープできつく縛られている。半開きになったまぶたや唇はかさかさに乾いていた。下腹部がひどく汚れているのは、埃や泥ではないだろう。五日間も監禁されていて、その間ずっと生理現象を抑え込めるはずがない。

寝返りすら打てない空間に閉じ込められ、どれだけ叫んだところで誰にも声は届かない。自身の汚物とその臭いにまみれながら、どれほどの絶望を味わったことだろう。

「市村沙也加さんですね？　警察です。しっかりしてください」

まるで反応を示さない彼女に呼びかけながら、私はその鼻と首筋に手をやった。……ほんのかすかだけれど、まだ息はある。脈も触れる。生きている！

「こいつは！」

追いついてきて惨状を目の当たりにした仙波主任が、すぐにスマートフォンを取り出し、救急車を手配した。

私たちは二人がかりで、市村沙也加をパントリーから引き上げた。その間も市村沙也加は、意識を取り戻す気配を見せなかった。その呼吸が今にも止まりそうで、私は脱いだコートをかけてやりながら、必死に市村沙也加に向かって呼びかけを続けた。主任はまだ繋がったままの通話先に、すぐに水をやってもいいのか、と訊いていた。

それからの十五分間は、私にとって一秒が千年にも感じられた。

やがて救急車輌が到着し、現場は一気に慌ただしくなった。

市村沙也加は応急処置を受けてからストレッチャーボードに乗せられ、車輌に運び込まれた。もう少し遅かったら危なかったが、おそらくもう大丈夫だろう、という救急隊員の見解に心底安堵する。

……間に合って本当によかった。

引け目の解消のためなどではない、警察官になってから初めて味わう類の充実感を胸に、私は小さく息をついた。

本来なら、これでもう私に思い残すことはないはずだった。もちろん警察官を辞めなくてはならないことは悔しい。けれどこれ以上、私にできることはない。あとは大人しく上層部の沙汰を待つだけ。そのはずだった。

けれど。

「――主任」

私は、そっと仙波主任に声をかけた。

「申し訳ありませんけど、あとのことはよろしくお願いします」

これだけのことになった以上、地元所轄署と栃木県警の介入は免れ得ない。そのときに謹慎中の私が現場にいるのはまずい。この別荘へは、あくまで仙波主任が自分の判断で臨場し、単独で被害者を発見した。そういうことにしたほうが、主任にも迷惑がかからないだろう。

それに――。

「……お前、何するつもりだ？」

主任は目を細めて言った。どうやら私の異変を気取られていたらしい。雪女などと揶揄される私の無表情も、実はあまり大したことはないのかもしれない。

私は何も言えなかった。自分がどうするつもりなのか、正直自分でもまだわからなかったからだ。

けれど、今すぐ行かなければならないところがある。行って確かめなければならないことがある。それも一刻も早く。それだけは確かだった。

そう。

ひょっとすると私はこれまで、とてつもなく重大な事実を見落としていたのかもしれないのだ。

私をしばらく見ていた主任は、けれど私が答える前に、追い払うように手を振った。私に答えるつもりがないと受け取ったのか、それとも聞くつもりがなくなったのかはわからない。けれど今は、私の考えを尊重してもらったと思うことにする。

「失礼します」

一礼して踵を返す。するとそこへ、こんな声が追いかけてきた。

「――この手柄は、借りにしておいてやる」

振り返ると、主任はすでにこちらに背を向け、取り出したスマートフォンを耳に当てていた。

私はもう一度頭を下げると、別荘の外に出た。

救急車輛に道を譲ってからずっと所在なげに停められていたタクシーのほうへ向かい、運転手に言う。

「すみません。今度は早稲田の東京警察医療センターへ。法定速度限界でお願いします」

運転手は、いささかげんなりとした顔をした。

5.

東京に戻り、早稲田の東京警察医療センターに到着したときには、多少の渋滞もあったせいで、時刻はすでに午後七時を回ろうとしていた。

一頃より日は長くなったものの、三月なので辺りにはすでに夜の帳が下りている。私は思わずむっつりと黙り込んでしまうほどのタクシー料金をクレジットカードで精算すると、急いでセンターの門をくぐった。

すでに一般の面会時間は終わっている時刻だ。けれど、どうしても今日中に阿良谷博士に確認しなければならないことがある。そして、場合によってはそれだけにとどまらない可能性もあった。今朝の接見時と同様、青柳医師がまだいてくれればいいのだけれど。そう思いながら受付で取り次いでもらう。

けれど。

「あら？」

受付の女性は首をかしげた。精神科の医局に電話をかけても、誰も出る気配がないという。

「当直のシフトに入って、電話に出る人手がないのかもしれませんけど……」

どうします？　という顔をされる。繰り返しになるけれど、私は謹慎中だ。これ以上この場で粘って、身元確認を求められてもまずい。出直します、と言い置いて、私はその場を離れた。

精神科病棟に向かう。幸いこちらもまだ正面入り口が開いていた。ロビーに入ると、白衣に職員証を下げた、医師とおぼしき眼鏡の男性が奥からやってきたので、スマートフォンを取り出し、背を向けて電話をかけている振りをする。男性をやり過ごし、受付係の注意が逸れた頃合いを見計らうと、私は建物の奥へと進んだ。

どうしようもなく嫌な予感がする。私はだんだん早足になり、エレベーターホールでボタンを何度も叩いた。

地下に下りる。たとえ博士に接見させてもらえなかったとしても、何事もないと確認できればもうそれでいい。そう考えながら房へと急ぐ。

けれど、すぐに異変に気づいた。

「え」

廊下に人が倒れている。私はすぐに駆け寄り、しゃがみ込む。倒れていたのは誰あろう、青柳医師だった。白衣と職員証、さらにいつもかけている地味な眼鏡まで身に着けていないため、すぐにはそうとわからなかったけれど。

「大丈夫ですか？　しっかりしてください」

私の呼びかけに反応して、青年の口からうめき声がもれた。ざっと見た限り、刺創や打撲痕、出血はどこにも見当たらない。どうやら気を失っているだけのようだ。

けれど、本当に戦慄すべきは顔を上げた先にあった。

詰め所への扉――職員証で開錠するはずのそれが、開きっ放しになっている。

私の中の嫌な予感が、いよいよ確信へと変わっていく。

立ち上がり、扉をくぐる。詰め所に、もう一人の担当医師の姿はなかった。以前聞いた通り、すでに当直シフトに入って単独勤務の状態なのだろう。

私は壁際のキーボックスに目を走らせる。ボックスは開けられ、さらにその隣の指紋認証で開閉する扉も同じく開きっ放しになっていた。

「阿良谷博士！」

私は房が並んだ廊下を駆け抜ける。そこには半ば予想していた光景が待ち構えていた。

いない。

無機質なまでに片づいた〝研究室〟――そこの唯一の住人であったはずの阿良谷博士は、影も形も見えなくなっていた。白いシーツのかかったベッドやその奥のトイレはもちろん、近頃はずっとそこに座っていた、なるべく大きな、全身をすっぽり預けられるぐらいの、という博士自身のリクエストに応えて差し入れた革張りの椅子にもだ。

　そしてその代わりに、強化ガラスに設置された透明のドアが、まるで私のことなど歯牙にもかけないかのように無造作に開いていた。

　脱獄。

　目の前の現実が言葉となって私の頭に落ちてくる。いや、獄中ではないので正しくは脱走だろうか。いやいや違う、今はそんなことどちらでもいい。

　落ち着け、と自分に言い聞かせ、すぐに踵を返した。

　脱走のタイミングは、担当医師はもちろん病院内からも人の数が少なくなる時間帯――つまり、当直シフトに切り替わる時刻の午後七時を狙ったはずだ。そしてそれは、つい先ほどのこと。まだそう遠くへは行っていない。

　そこまで考えたときだ。ふと思い当たることがあった。

　昏倒している青柳医師に放置することを心の中で詫(わ)びながらその場を駆け抜け、一階へと上がった。そのまま病棟の外に出る。

　緊急配備を要請するべきだろうか。けれど、私は謹慎中の身だ。事情を説明しても、はたして取り合ってくれるかどうか。詳細が上まで通ったとき、すでに手の届かないところまで逃亡されていた、では意味がない。可能な限り迅速に話を通すにはどうすれば

——。

そう考えながらスマートフォンを取り出したときだった。横手から強い光に照らされ、一瞬まぶしさに目がくらんだ。

自動車のヘッドライトだ。手で光を遮ると、建物の陰から出てきたセダンが、敷地内の道路をこちらに走ってくるところだった。逆光だったので、運転席の人物はほとんどシルエットしかわからない。それでも道を譲りかけた私ははっとして、次の瞬間、走行してくる車の前に飛び出していた。

敷地内で減速していたとはいえ、おそらく三十キロ以上は出ている。轢かれれば骨ぐらい折れるだろうし、頭を打てば死ぬ危険性もある。そうわかっていても、身体は止まらなかった。

視界がヘッドライトの光で真っ白に染まる。かざした腕の向こうで、運転席の人物の影がたしかにうろたえたのがわかった。ブレーキをかけるものの止まり切れず、路面をスリップする甲高い音とともに車が突っ込んでくる。

車が目前に迫ったその瞬間、私は地面を蹴っていた。エンジンフードの上を転がるようにして受け身を取ったものの、最終的にはフロントガラスに叩きつけられた。ほとんど撥ねられたのと変わらない恰好に全身が痛んだけれど、それでも、とにかく怪我はないということにする。我ながら信じられない無茶に今更動悸を覚えながら、エンジンフードの上で片膝を突いた不安定な体勢のまま、私は言った。

「止まってください」

運転席の人物は、面食らった表情を浮かべていた。その一方、後部座席に座っていた人物は、どうしてここに、とでも言いたげに目を細めている。

阿良谷博士だ。

地下の房に閉じ込められていた犯罪心理学者は、実に五年振りの外界であるはずなのに、さも当然とばかりにシートに足と手を組んで座っている。

「降りてください、博士」

フロントガラス越しに私がそう迫っても、阿良谷博士は聞こえていないかのように動こうとしなかった。私はすぐに運転席の人物に目を向ける。彼も私を見た。再び車を動かす気配があれば、フロントガラスに踵を落とすつもりでいた。さすがに踏み抜けるとは思わないけれど、亀裂だらけのガラスで市街地の運転はできないはずだ。

私との視線での押し問答が、彼の中でどう決着したのかはわからない。それでも、彼はやがて小さく口元を曲げた。シートベルトを外し、ドアを開ける。抵抗の意思はないようだと見て取り、私もエンジンフードから下りた。

私は、事件の犯人に対して怒りや憎しみを覚えることができない。警察官として、その性質をずっと引け目に感じてきた。

けれど今、この瞬間だけは、それで本当によかったと思う。

目の前の人物に対して——この人にだけは、そんな感情を向けたくなかったからだ。

ただ、こうなってしまったこと、そして、こうとしか言えないことがどうしようもなく悲しく、やるせなかった。

「……瀬川達樹殺害の件でお話を聞かせていただけますか、皆川管理官」

6.

「まったく無茶をしやがるな。轢かれてたらどうするつもりだ、リカ子」

そう苦笑する皆川管理官は、まるでいつも通りの様子だった。収監されているはずの阿良谷博士と一緒に外にいるこの状況のほうこそが、何かの間違いかのようだ。

「……ま、今更言い逃れする気もないが」

リラックスした様子でドアに手を置き、言う。

「どうしてわかった？　ここに来たってことは、当てずっぽうってわけじゃないんだろう」

たしかに確証はあった。これまでに覚えていたいくつもの違和感——それらを根拠に基づいてひとつひとつ繋ぎ合わせていくと、見えてくる絵はこれしかなかったからだ。

ただ、私は管理官本人の口から聞かせてほしかった。こうするに至った、こうするし
かなかった。その裏にある本当の気持ちを――。
だから、私は訊かれるままに答えていた。管理官の思いを知るために。
「最初におかしいなと思ったのは、ここで阿良谷博士と初めて接見したときでした」
「なに？　そんなときからか？」
小さく頷くと、管理官は揶揄するように阿良谷博士のほうを振り返った。後部座席の
阿良谷博士は、鬱陶しそうに顔を背ける。
「私と博士は、お互いフェアに一問一答の形式を取っていました。けれど初めての接見
のとき、博士は先に私が質問していたにもかかわらず、続けて質問を譲ったんです」
――とりあえず、続けて君からでいい。
「そのとき私は、私の手並みを見るためだろうと考えました。けれど、あとからこうも
考えたんです。もし律儀で几帳面な博士が、どこまでもフェアであることにこだわった
のなら、私への質問が一つ少なかったのは、この先、私に何か借りを作るつもりがある
からじゃないか、と」
それが何であるのかは、もはや明白だろう。
「博士は私との取引として、房内に椅子を持ち込ませました。それも『なるべく大きな、
全身をすっぽり預けられるぐらいの、座り心地のいい椅子』という注文までつけて。け

れど部屋に余計なものを持ち込むのは、博士の性格的にそぐいません。つまり、そこには何か狙いがあったと考えるのが妥当です」

「その狙いってのは？」

「まさに今の、この状況です」

私は博士のほうを見て言った。

「博士の房にはこれまで死角がありませんでした。せいぜいベッドの奥とトイレの仕切り、その程度です。それも天井のカメラからはすべて見えていました。けれど全身を預けられるぐらいの大きな椅子を持ち込んだことで、そこに死角が生まれました」

博士は当直シフトになる時間を見計らって、その死角に紛れ込んだのだ。

当然、防犯カメラ映像を確認した担当の青柳医師は慌てただろう。近頃はずっと椅子に座っていたはずの博士の姿が、忽然と消えているのだから。もちろん外に出られるはずがない。それでも閉じ込めているのは、かつて怪物と呼ばれたほどの天才だ。何らかの方法で脱出を図った可能性は拭い切れない。当直が一人である以上、すぐに自分自身で房へと確認に向かっただろう。指紋認証で詰め所の扉を開け、博士の〝研究室〟へと廊下を走った。

そして房では、すかさず博士が次の行動を起こしていたはずだ。

「博士は、青柳医師が近づいてくる足音と気配を苦もなく察知したでしょう。私が初めて接見に向かったとき、その接近をすぐに気取ったように。そのタイミングで、今度はベッドの奥に横になる。そうすると、廊下側からは再び死角になります」

房に到着した青柳医師は、目を見開いただろう。やはり房内には誰もいない。たまらず確認のために房の鍵を開け、そして――。

「その瞬間、博士は青柳医師に襲いかかり、昏倒させました。相手は拘置所の刑務官ではなくただの医師ですから、不意を突けば充分可能だったはずです。蓋を開けてみれば単純なやり方ですけど、催眠術師やメンタリスト顔負けの心理的刷り込みもできる博士なら、演出で人ひとりを騙すことぐらい簡単でしょう」

管理官はくっくと低く笑った。

「ずいぶんと信用されたもんだなあ？」

管理官の再度の揶揄を、博士は完璧に無視した。

「あとは青柳医師を担いで廊下を戻り、彼の職員証と指紋を使って、詰め所の二枚の扉をクリアするだけです。病棟の中を通るときは、目立たないよう彼の白衣と職員証、眼鏡を奪って変装したんでしょう」

そう。後部座席に座る博士のそばには白衣と職員証、そして眼鏡が置かれていた。どれも青柳医師から奪ったものだろう。そして博士のラフな髪は水で濡らしたのか、いつもよりも後ろへ撫でつけられている。

私がつい先ほど精神科病棟のロビーですれ違った、医師とおぼしき男性。あれがまさに、変装した阿良谷博士だったのだ。人が目元と髪型をいじるだけでかなり印象が変わることは、瀬川達樹の尾行をしたときに私も変装をしたのでよく知っている。

ただ、と私は続けた。

「……このときはまだ、博士に私を利用する狙いがあるかもと思っただけで、管理官まであらかじめそれを承知していたとは思ってもみませんでした」

それに気がついたのは、博士と管理官の発言の食い違いに引っかかりを覚えたからだった。

阿良谷博士は皆川管理官のことを、こう評していた。

——僕がここに入るきっかけを作った男だ。

だから私は、管理官が博士を逮捕したのかと驚いた。

けれど管理官自身は、それについてこう言っていた。

——阿良谷が公安に引っ張られたあと、やつが加担した過去の猟奇犯罪については捜査一課が引き継いだ。そのとき、やつを取り調べたのが俺だったってだけだ。

そのときはあまり気に留めなかったけれど、この発言は妙だ。管理官が取り調べを担当したことで、博士が東京警察医療センターへ入るきっかけになった——というのは、どう考えても辻褄が合わない。

つまり、そこには言葉にされていない何かがあるのだ。

その何か——皆川管理官が阿良谷博士を取り調べたことで、博士が東京警察医療センターに入ることになった理由とは？

「皆川管理官はこれまでも、阿良谷博士に事件の捜査情報を流していたんですね。今回私がしたのと同じように」

私の指摘に、管理官は私を試すように言った。

「どうしてそう思うんだ？」

「……初めて博士と接見したとき、博士はすぐに、皆川管理官の使いで来たのか、と私に訊きました。管理官がすでに何度も足を運んでいないと、出てこない言葉です」

「察しがいいな。やっぱりお前に任せて正解だったよ、リカ子」

口の端を曲げるその仕草に、私は胸を引き絞られるような気分になる。

できれば否定してほしかった。私の考えは間違っている、ただの見当違いでしかない、とそう言ってほしかった。けれど、管理官の口からその言葉が出てくることはなかった。

むしろ自分を追い詰める私に対し、頼もしいものを見るかのような眼差しを向けてくる。

まるで、そう、子供の成長を喜ぶ父親のように。

私はそんな管理官からたまらず目を逸らし、博士のほうを見た。

……阿良谷博士。

彼が私に語った、彼の母にまつわる話。

――死ぬことなんて怖くはない。むしろ、死ぬまでに何もわからないままでいることのほうが、何よりも恐ろしい。

研究に身を捧げる原点となった衝動。それが果たされるまで、彼は決して刑に服するわけにはいかなかったはずだ。外に出るための策は常に考えていただろう。実際、彼はそれを成功させ、こうして脱走を実現させている。

そんな彼が五年にもわたってあの〝研究室〟に居座っていたのは、つまりそうするに足るメリットがあったということだ。それは一体何だろうか。研究だけに打ち込める環境？　生活習慣病をも改善させてしまうほどの健康的な生活？　どれも違う。

博士の興味を引くに足るもの――それは間違いなく猟奇犯罪のデータだ。

そしてそこに、これまで管理官は博士の〝研究室〟に何度も足を運んでいた、というピースを当てはめれば、答えは自ずと見えてくる。

博士は警察しか知り得ない最新の事件のデータを、管理官からサンプルとして手に入れていたのだ。それがたとえ死を待つ身になりながらも、甘んじてセンターにとどまり続けた理由だろう。

では。

「皆川管理官のほうは、どうしてそこまでして阿良谷博士を手元に置きたかったのでしょうか」

「どうしてなんだ？」

管理官の声音は、いっそ優しさすら感じさせるものだった。それに応えるように、私は言った。

「出世に興味のない警察官は、まずいないと思います。それでもほとんどの警察官は、犯罪者に頼ることをよしとはしません」

――刑事ってのは大抵、絶対に犯人を許さねえって気概を持ってるもんだ。罪を犯したクソヤロウは野放しにはしない、必ず捕まえて牢にブチ込む、ってな。

仙波主任のその言葉は、実に端的にそれを表していた。

そして管理官もまた、犯罪と犯人を憎む本物の刑事だ。そこに嘘があったとは私は思えない。絶対に。

だから本来なら、犯罪者である阿良谷博士に取引を持ちかけることなどしなかったはずだ。犯罪と犯人への憎しみと怒り――それをしのぐ、強い何かがない限りは。

「……管理官が奥様を亡くされていたことは、存じ上げませんでした」

仙波主任から教えてもらった話を、日光から早稲田にとんぼ返りするタクシーの中で検索したところ、まさかというその予想は当たっていた。

須藤香苗。殺害時の年齢は二十六歳。住所は東京。

管理官の妻は、瀬川達樹の殺人の最初の被害者だったのだ。

――悪いな、リカ子。いつか必ずお前の両親の仇も捕まえてやる。だから、もう少しだけ待っててくれや。

お前の両親の仇も――それはあまねく犯罪者と一緒に、という意味だと思っていた。

けれど、私の両親が殺害された前の年に管理官は妻を殺害されていたことを踏まえれば、そこにはきっと別の意味が込められていたはずだ。

「管理官は、ずっと奥様の仇を捜していたんですね。そして、そこへ阿良谷博士が現れた」

そのとき管理官は、妻を殺害されてからすでに十九年が経っていた。

それだけ過去の事件となると、何か新たな証言や物証が出てこない限り、捜査の進展を望むのは難しい。

けれどそんな管理官の目の前に、最先端かつ独自の分析メソッドと博覧強記の頭脳を持つ、天才犯罪心理学者が現れた。彼の協力を得られれば、いつか妻を殺した犯人に手が届くときが――。

取り調べの最中に、周囲の目を盗んで博士に取引を持ちかけるのは、さほど難しいことではなかっただろう。

皆川管理官は妻の仇を見つけ出すために、阿良谷博士は最新の犯罪データを得るために、二人の関係はこうして始まったのだ。

「それから五年間——いえ、管理官の奥様が亡くなってから二十四年。ついにその仇が見つかった。それこそが、今回の猟奇殺人事件の犯人である瀬川達樹だった」

「どうしてそう言えるんだ？」

たしかに、私の手元には確かな物証こそない。けれど、私にとってはそれと同じぐらい——あるいは、それを上回るほどの信用に足る証拠がある。

「まず一つは、阿良谷博士が、今回の犯人を追い始めたのと同じタイミングで脱走の準備を始めたからです」

関野優香と門奈美玲は、須藤香苗と同じく、スタンガンによる火傷の痕があった。その他にも、被害者は二十代から三十代の女性、ロープによる絞殺などの共通点がある。さらに私から入手した捜査資料の情報を分析した結果、博士は今回の猟奇殺人犯が、管理官の捜してきた妻の仇と同一人物だと判断した。

博士はやはり律儀に、皆川管理官にそれを伝えたはずだ。弁護士を介するなど、手段はいくらでもある。

もし管理官が悲願を遂げれば、その時点で取引も終了となり、東京警察医療センターに身を置く理由もなくなる。だから博士は私への取引を装って、脱走の準備を始めたのだ。高裁へ控訴中で未決死刑囚の博士が、このタイミングで脱走を企てる理由は他にない。

　そして。

　猟奇殺人犯である瀬川達樹が何者かに殺害されたことを伝えたとき、博士の反応はあまりにも素っ気なかった。

　それは瀬川達樹を追い詰めたとき、管理官が何をするつもりなのか、すでに知っていたからだ。

「瀬川達樹を殺害したのは、管理官ですね」

　帆村造船所の船渠で私が瀬川達樹に拘束されたとき、私の行き先と瀬川達樹の居場所、それらを把握していたのは管理官だけだ。そして瀬川達樹が犯人である証拠も、私はメールで管理官に送っていた。管理官を止めるものは、もはや何もなかった。

「――証拠は？」

　管理官は口元を弧にしつつも、その目元からは笑みを消す。

　私は言った。

「管理官との電話です」

「電話？」

　――気にするな、リカ子。こういう事態になることも、万一に考えなかったわけじゃない。俺は充分満足してるよ。

管理官は、私との最後の電話でそう言った。その疲れたような声音は今も耳に残っている。

けれど、私は知っている。現場では風見鶏などと揶揄されていても、それが管理官のほんの上辺の部分でしかないことを。決して表には出さない犯人に対する強烈な怒りを。私が尊敬する警察官としてのそれを。

だから、

「私の知っている管理官なら、犯人を殺害されて、そこで満足なんて絶対にしません。殺害した人間を逮捕するために、必ず動くはずです」

私がまっすぐに見上げながら答えると、管理官は目を見開いた。何かを言いかけるように口を開く。けれどそれは言葉になることはなく、やがて、小さく肩を揺らしながらの低い笑いに取って代わられた。

「それのどこが証拠なんだ」

「これ以上ないぐらいに決定的な証拠です。少なくとも、私にとっては」

私が即答すると、管理官は小さく噴き出した。そして息をつきながらパーラメントを取り出し、ライターで火をつける。長く細い紫煙を吐き出すとともに、管理官の大柄な身体から強張り(こわば)が取れていく。

「……須藤香苗は妻じゃない。まだ籍は入れてなかった」

やがてそう言った管理官の表情は、再び穏やかなものになっていた。

「けれど、婚約されていたんですよね」

「まあな。近々役所に届けを出すつもりだったが、その頃は仕事が忙しかった。ずぼらな俺は一人で出しておいてくれと言ったが、あいつはきちんと二人で出したいと言った。……忙しかろうが時間を作って、一緒に出してやればよかった。これまで、何度となくそう思ってきたよ」

一口吸っただけで、管理官はパーラメントを地面に落とした。先端で燻っていたその火を踏み消す。まるで自身の怒りと憎しみも燃え尽き、今や悲しみの灰だけになってしまったかのように。

「……造船所の船渠であいつの顔を見たとき、一目でこいつがそうだとわかった。それがなぜだかずっとわからなかったんだが、今思い出したよ。俺はやつを――瀬川達樹を一度見てる」

「え」

小さく声を出す私に、

「……香苗が殺された現場に花を供えに行ったときだ。そこにあいつがいた。手を合わせるでもなく、香苗が発見された場所をじっと見ていた。俺が近づくと、こちらを振り向いて立ち上がり、どこかへ行きやがった」

管理官は訥々とそう吐き出した。

「……そうだ、リカ子。瀬川達樹は俺が殺した。その腹にナイフを突き刺してな。時間さえあれば今回の被害者たちと同じように、その腹を開いて臓器を取り出してやりたいところだった」

これまでのあまりにも長かった日々に疲れてしまったかのようにそう語る管理官に、私はやはり憎しみも怒りもなく、言葉を失ったまま、ただただやるせない悲しみに唇を引き結ぶことしかできなかった。

7.

「――もういいだろう。さっさと出してくれ」

セダンの後部座席に座ったままだった阿良谷博士が、倦んだように言った。

ゆるんでいた弦が張るように、再び緊張感がその場を支配する。

管理官もこちらを向いた。顔から笑みを消すと、私を見下ろして言う。

「……どうする？　止めるか、リカ子？」

「……管理官」

ふと、私はどうしてこんなことをしているのだろう、という思いに駆られた。

私に一体何が言えるだろうか。

両親を殺されたのに、その犯人に憎しみすら覚えられない私なんかに、かけがえのない伴侶を呆気なく殺された管理官の怒りや絶望、無念がわかるなどとは、口が裂けても言えない。

行ってもらえばいい。管理官には目をかけてもらった。お世話にもなってきた。警察官として顔も名前も知らない市民のために、これまで散々身を粉にして働いてきたのだ。報われていいはずだ。バルセロナで余生。すばらしい。これまでずっと怒り、苦しみ、耐え抜いてきて、そしてそれから解放された今、せめて穏やかな日々を送ってほしい。

けれど。

けれど、それでも言わなくてはならない。なぜなら、私は警察官だから。最後の最後まで、そうありたいから。きっとそのために、ここに来たから。

「……管理官。永里貴寿が逮捕されたとき、管理官は永里貴寿を手にかけて、恨みを晴らすこともできたはずです」

管理官は表情を変えない。それでも私は続ける。

「そうしたほうが、いっそ楽になれたんじゃありませんか。長年追い続けた、憎くて仕方がない、仇かもしれない人物――それが目の前にいる。証拠もあって限りなくクロに近かったのに。それでも、管理官はそうしませんでした。万に一つも冤罪を出すわけにはいかない。そう言って」

私は胸に手を当て、続けた。

「正義感や功名心。利用できるものは利用し、ときには服務規程違反だって見ない振りをする。そうやって、いろいろな理由や葛藤を原動力に刑事は動く。私はそれを知りました。けれどそれらも、すべては犯人を逮捕して事件を解決するため——そう信じています。……私も、やっと私なりの警察官を続ける理由が見つけられました。だから、逃げようとする犯人を見過ごすことだけは……できません」

そう。以前の私なら、管理官にはこのまま行ってもらったかもしれない。けれど、もうそうはできないのだ。

手が震えていた。寒さのせいではない。いずれにせよ、これが私と管理官の最後のやりとりになるとわかったからだ。

管理官、と私は言った。

「管理官は、私がもっとも尊敬する警察官です。犯罪や犯人を憎む、私もそうありたいと望んだ本物の……。私は警察官としては下の下で、半端で、管理官のようになることはできませんでした。それでも、この信念だけは、管理官譲りのものだと信じています」

ほんの少し、管理官が姿勢を崩す。すぐそばのヘッドライトが逆光になる位置のせいで、私から管理官の顔がよく見えなくなる。それでもその口元に、小さく笑みが浮かんだのがわかった。

「……あの小ちゃかったお嬢ちゃんがな。俺も歳を取るわけだ」

以前にも耳にしたその言葉に、揶揄するような響きはなかった。ただ昔からこれまでのやりとりすべてを懐かしむような温かみがあり、けれどそれは、すぐに三月のひやりとした空気に溶けて消えた。

「……負けたよ、リカ子。たしかにお前の言う通りだ。俺たちは警察官だ。犯人を逃がすわけにはいかん」

管理官は頭を掻くと、阿良谷博士のほうを振り返る。

「悪いな、阿良谷。俺はここまでだ」

その宣言に、阿良谷博士は顔をしかめた。

「……勝手なことを」

忌々しげにそう呟くと、私のほうに視線をよこす。

途端、辺りの空気が膨らみ、気圧すら変化したように感じた。

暴力を働いた刑事に虫が寄生していると刷り込んだことがある——博士は以前、私をそう脅したときと同じ目の色をしていた。どんな手を使っても自分の答えにたどり着く。その姿勢にいささかのぶれもないようだ。ただ、それを糾弾する資格は私にはない。な

ぜなら、

「──阿良谷博士」

それは私も同じだからだ。どんな手を使っても犯人は逃がさない。そして、どんな手を使っても私自身の答えにたどり着く。

「今度は、私と取引しませんか？」

真に博士の意表をつくことができたのは、これが初めてのことかもしれない。

「……なんだって？」

露骨に眉根を寄せる博士に、私は言った。

「管理官に代わって、これからは私が事件の捜査資料を博士に提供します。その代わり、私の両親を殺害した犯人を捕まえる手助けをしてください」

この件が片づけば、私は警察を辞めるつもりでいた。状況も、それしか許さないだろうと考えていた。

けれど。

どうして両親は殺されたのか。どうして犯人は私だけを見逃したのか。どうして私は今も生きているのか。私は、やはりその答えを手に入れたい。そのために、事件の犯人を逮捕する。今更進展を望むのは難しい事件も、阿良谷博士がいれば解決できるかもしれない。まさしく今回の事件のように。

「博士の刑が確定、執行されるまで、まだ時間があります。慌てて今すぐ逃亡生活に入るより、そのほうがよっぽど研究に打ち込めると思いますけど」

あらゆる過去の猟奇事件にまつわるデータが頭に入っていて、口述筆記で論文もかける。睡眠と食事、あらゆることに不自由がない。東京警察医療センター地下の〝研究室〟での生活は、犯罪心理学の研究を第一とする博士にとって、理想的な環境だったことはすでに承知している。そこへ、これまで通り警察の情報が手に入るとなれば、検討する余地はあるはずだ。

博士はいつもの半眼になると、私の目を見つめた。おそらく私の覚悟を見きわめているのだろう。

「……これだけの失態を重ねて、それでも警察に残れるつもりか？」

「はい、必ず」

正直に言えば百パーセントの自信はない。勝算はあるけれど、最後は間違いなく出たとこ勝負だろう。

それでも、自分がどう立ち回るべきかはもうわかっている。

どこか遠くのほうからサイレンが聞こえてきた。この音は警察のものだ。病棟の地下で倒れている青柳医師を誰かが発見し、通報したのだろうか。もう時間がない。

答えは？

静かな夜を裂いてサイレンが近づいてくる中、

「――――」

やがて阿良谷博士は不機嫌そうに、その口を開いた。

エピローグ

「入りたまえ」

ノックに返ってきた張りのある声に従って、私は目の前の重厚なドアを開けた。失礼します、と声をかけて入室する。

広い会議室に居並んでいたのは、本庁の刑事部長を始め、参事官、捜査一課長、さらには警務部の監察官だった。いつかの署での聞き取りを彷彿とさせる光景だけれど、その顔触れはあのときよりもさらに上の、まさに雲上のお歴々だった。

「では、氷膳巡査。改めてかかる事態となった説明を」

そう促され、私は、はい、と返事をする。

私は本庁からの命令で、桜田門にある警視庁本庁舎に召喚されていた。理由は今度こそ、正真正銘の査問委員会に出頭するためだ。

あれから五日が経っていた。

江東署の捜査本部は、関野優香、門奈美玲を殺害した犯人は瀬川達樹であるとし、被疑者死亡で送検。並びに、永里貴寿の誤認逮捕を正式に認めた。検察は即座に永里貴寿を釈放、不起訴処分とし、今後、永里貴寿が警察を訴えるのか否か、世論はその推移に注目している。

一方、皆川管理官は、瀬川達樹殺害の容疑で逮捕された。取り調べには素直に応じているという。その結果、単独捜査の指示、捜査資料の漏洩などといった服務規程違反が明らかになり、逮捕にあわせて懲戒免職となった。おかげで瀬川達樹が過去に繰り返してきた何件もの殺人も本格的に掘り起こされることとなったものの、それらが白日の下にさらされ、真実が明らかになるのには、まだまだ時間がかかりそうだった。

そして、残るは私だ。

現職の警視庁捜査一課管理官による犯行というスキャンダルに、警視庁上層部はもちろん、警察庁や国家公安委員会も早期の幕引きを図りたがっていることは想像がつく。つまり私にも、その意向に適う処分が検討されているだろう。単独捜査、謹慎無視、捜査資料漏洩のスリーアウトで懲戒免職。おそらくそれが既定路線だ。この査問委員会も、事が事だけに慎重を期しているだけのことだろう。つまり、もしあとから何かがあっても、「本人からのヒアリングと申し開きの場は設けた」というアリバイ作りのためのものでしかない。

それでも――。

「では、何か付け加えることは？」

私が経緯の説明を終えると、監察官が訊いてきた。警視庁警務部監察官室は、警察組織内部の監査を行う、いわゆる〝警察の中の警察〟だ。その彼に、私は言った。

「いえ、特にありません。どんな処分にも従うつもりです」

まるで表情を変えない私が妙に思えたのか、さすがの監察官も眉をひそめた。

「……言いたいことは何もないと？」

「はい。皆川管理官──いえ、皆川篤を検挙したのは私です。それを踏まえて、正しい判断をしていただけると信じていますから」

我ながらふてぶてしい物言いに、監察官が露骨に険しい顔つきになった。

「口を慎め！　君は自分の立場がわかって──」

たちまち鋭く叱責する監察官だったけれど、それをおもむろに手を上げて制したのは、中央に座った刑事部長だった。

「……部長」

いくら内部監査を行う監察官とはいえ、刑事部長の階級は警視監──警視正である監察官の二つも上に当たる。不承不承ながら口を閉ざしたのも無理からぬことだった。

刑事部長は五十代後半だろうか。頭髪を短く刈り込んでいる。仕事のほとんどがデスクワークであるはずなのに、鍛え上げられた身体つきをしており、その貫禄も並ではな

い。にもかかわらず、

「なるほど。では、警視総監賞をよこせ、とでも？」

と、冗談めいた言葉を口にする。口元こそ弧を描いているけれど、その不釣り合いなぐらいに大きな目は爛々としており、まるで笑っていなかった。老獪さと稚気が同居しているような、計り知れない雰囲気を漂わせている。

　それでも、こちらは多少なりとも話を聞いてくれそうだ。

　本来なら、手や声が震えてしかるべきところだろう。けれど、幸い私はそうはならない。ここ最近、案外この性質に救われる機会が多い気がして、少し苦笑したい気持ちになった。

「いえ。ただ、今はこれ以上、世間に動揺を与えないことが肝要なのでは、と考えます」

　瀬川達樹の殺害に対して、当初警察に対する世間の非難は相当に厳しいものだった。けれど、かつて瀬川達樹に婚約者を殺害されていた、という皆川管理官の過去が明らかになると、たちまち同情論に火がつき、一気に風向きが変わった。まるでそんなものなど最初からなかったかのように責める声は立ち消え、代わりに、その犯行にはおおいに酌量の余地がある、というものに取って代わられた。ネットでは連続殺人鬼に正義の鉄槌を下したとして、管理官を英雄視する向きも少なくないぐらいだ。

実のところこれらについて、私は、警察から情報のリークがあったのでは、と疑っている。というのも、管理官の過去が世間に明らかになるのが、あまりに早かったからだ。もちろん証明のしようはないし、陰謀論と切って捨てられればそれまでだけれど……ただこの風向きは、私にとって追い風になるはずだ。

「君を処分すれば、寝た子を起こすことになる、と？」

刑事部長の目が鋭さを増す。自分の預かる刑事部が警視庁全体に、ひいては全国の警察にどんな影響を与えるか、よく知っているのだろう。一番波風の立たない落としどころを見きわめようとしている、そんな目だ。

頷きたかったけれど、さすがにそれはこらえた。ただそんな態度とは裏腹に、こちらも刑事部長に目で訴える。――もちろんそれだけでは済まさない、と。

地方公務員には退職後も守秘義務がある。それでも情報のリークはいくらでもやりようがある。もし本当に皆川管理官の過去を警察がリークしたのだとすれば、それこそ先方は先刻承知のことだろう。

だからこそ、こう考えてもらいたかった。もし私の首を切れば、あることないことをあちこちで触れ回るかもしれない。それよりは、場末ででも適当に飼い殺しにしておくほうがいい、と。

内心で苦笑してしまう。天下の本庁刑事部長を脅すなんて、我ながら怖いもの知らずもいいところだ。それも、拘置所から医療センターに移るために博士が取ったのと同じような方法でだなんて。

「……ふん、おもしろい。考えておこう」

何か言いたそうにしている監察官には取り合わず、刑事部長は相変わらずの笑っていない目つきであっさり退室を命じた。私は一礼し、それに従う。

敵の敵が味方にならないことは、捜査会議で散々学んだ。それでも今は、ときにはそういうこともあってほしいと願うばかりだった。

その二日後、とうとう私に処分が下った。

江東署刑事課の机を整理した私は、課長に挨拶をする。けれど、同僚は誰も話しかけてはこなかった。寂しくないといえば嘘になるけれど、これも自分が蒔いた種だ。私がしでかした諸々で、ずいぶん迷惑もかけただろう。文句を言える筋合いではない。

「お世話になりました」

あれこれと荷物の入った段ボールを両手で抱えながら刑事部屋を出ると、廊下で深く頭を下げる。

すると、

「――は、とうとう追い出されたってわけか。ざまあないな」

背後からそんな声がかかった。

振り返ってみて驚く。廊下の壁に背中を預けて立っていたのは、誰あろう仙波主任だった。

「主任。どうしてここに？」

「別に」

と、とぼけてみせたけれど、捜査本部はすでに解散していて仙波主任がこんなところにいる理由は何もない。タイミングからして、きっと私を待っていたのだろう。ちょうどいい。私も仙波主任に訊きたいことがあったのだ。

「仙波主任は、その、いかがですか。その後」

聞き及んだところでは、日光の別荘から救出された市村沙也加は一命を取りとめたそうだ。その後、順調に回復し、すでに退院したとのことだった。捜査本部に報告しないまま、彼女を単独で助けたことになっている仙波主任にお咎めはなかったのだろうか。

私の心配をよそに、主任は鼻を鳴らした。

「お前と一緒にするな。きっちり手柄として収めたに決まってるだろうが」

「そうですか」

それならよかった、と私は胸を撫で下ろす。

「で、お前のほうは」

素っ気なくそう訊いてくる主任に、私は、ああ、と思う。ひょっとしてそれを気にして来てくれたのだろうか。もちろん本人に訊けば、そんなわけあるか、と否定されるだろうけれど。

　私は言った。

「奥多摩署の地域課へ、異動になりました」

「……またイチから交番勤務か」

「はい。おかげさまで辞めずに済みました」

　主任は目を細めた。

「……むしろ辞めちまったほうが楽だぞ。わかってんだろう」

　きっとそうなのだろう。警察官は一般的に、とても仲間意識が強い。その分、厄介者に対する態度は冷たくなる。服務規程違反で飛ばされてきた私など、村八分にされてもおかしくない。

　査問委員会で刑事部長が最後に見せた、まるで笑っていない目つきを思い出す。私を免職でなく異動で済ませたのは、別に温情ではなく、ただただ飼い殺しという罰を与えただけなのだろう。

　もちろん、それこそが私の望むところだった。

「わかってます。けれど、まだ警察を辞められない理由ができたので」

私は、よいしょ、と段ボールを抱え直し、

「それじゃ失礼します、主任。どうぞお元気で」

一礼してから、その場を離れようとした。すると、

「……無能は絶対に出世できねえが、できるやつは放っといても這い上がってくる。そういう仕組みになってるのが、俺が警察を気に入ってるところだ」

振り向いた私に、仙波主任は言った。

「……戻ってくる気があるなら拾ってやる。お前には借りがあるからな」

そして私の返事など待たずにくるりと背を向け、廊下を歩いていく。

私はその仙波主任の背中に、深く頭を下げた。

ふと思う。

あの夜も、私はこうしたのだった。

取引を持ちかけた私に対し、不機嫌そうにその口を開きかけた阿良谷博士は、けれど結局何も言わずに車の後部座席から降りた。そしてそのまま私のことなど無視し、両手の親指をパンツの左右のポケットに引っかけながら、精神科病棟のほうへと歩いていった。

戸惑い、声をかけようとする私の肩に、管理官が手を置いた。

「取引成立らしいな」

目を見開き、再びその背中に目を向けた私は、やがて無言で頭を下げた。

……私は、必ずまた博士の元を訪れる。そのときにはきっと、今よりもう少しだけましな警察官になっていよう。

あの夜の誓いを新たにすると、もう一度荷物を抱え直し、私は廊下を歩き出した。

あとがき

以前歩道のど真ん中に散らばっていた七枚の千円札を拾って、最寄りの交番に届けたことがありました。「なんであんなところに千円札?」と今でも首を捻ることしきりですが、その後警察からは音沙汰がないのでこの話は続きません(……失礼)。ただ警察官の職務について調べてみると、三十時間労働は当たり前、ひとたび事件が起これば休日返上、とその過酷さに改めて頭が下がります。おまけに何をするにも要件と規程だらけで、提出するべき書類も多いこと多いこと。これまで著者が書いてきた作品の主人公は、いわゆる組織の論理を気にしない自由人や、そこからドロップアウトした人間が多く、彼ら彼女らではそんな肉体的、精神的激務には到底耐えられないことでしょう。では本作の主人公である新人刑事、氷膳莉花はどうなのか? 猟奇犯罪といったイレギュラーな事件が起こる中、警察という縦社会組織の中で、さらにイレギュラーな事態を抱え込んでしまったその顚末を、ぜひ実際に読んで確かめていただければと思います。

ところで冒頭で語ったところの、さしずめ「千円札七枚の謎」ですが、今では、ひょっとしてこういうことだったのでは、という考えがあります。願わくは莉花にもこういった牧歌的な事件を担当してもらいたいものですが、物語の要請上そうもいかないのが辛いところです。

　本作を上梓するにあたっては、多くの方からのお力添えをいただきました。担当編集氏をはじめとする、すべての方々にお礼を申し上げます。

　そしてもちろん誰よりも、本作をお手に取ってくださった親愛なる読者の皆様に、心からの感謝を捧げます。組織どころか社会の在り方そのものが大きく変容しつつある昨今ですが、拙作が日々を生きる上でのささやかな活力になれば、と願ってやみません。おもしろかった、というそれこそが、著者にとってもまた一番の活力になります。

　――それでは機会があればまたいずれ、次なる事件でお目にかかれますように。

二〇二〇年八月

久住四季

<初出>

本書は書き下ろしです。

この物語はフィクションです。実在の人物・団体等とは一切関係ありません。

メディアワークス文庫

異常心理犯罪捜査官・氷膳莉花

怪物のささやき

久住四季

2020年10月25日　初版発行
2024年10月25日　4版発行

発行者　山下直久
発行　株式会社KADOKAWA
〒102-8177　東京都千代田区富士見2-13-3
0570-002-301（ナビダイヤル）
装丁者　渡辺宏一（有限会社ニイナナニイゴオ）
印刷　株式会社KADOKAWA
製本　株式会社KADOKAWA

●お問い合わせ
https://www.kadokawa.co.jp/（「お問い合わせ」へお進みください）
※内容によっては、お答えできない場合があります。
※サポートは日本国内のみとさせていただきます。
※Japanese text only

※定価はカバーに表示してあります。

Printed in Japan
ISBN978-4-04-913504-6 C0193

メディアワークス文庫　https://mwbunko.com/

本書に対するご意見、ご感想をお寄せください。

あて先
〒102-8177　東京都千代田区富士見2-13-3
メディアワークス文庫編集部
「久住四季先生」係

推理作家（僕）が探偵と暮らすわけ

久住四季

変人の美形探偵&生真面目な作家、二人の痛快ミステリは実話だった!?

彼ほど個性的な人間にお目にかかったことはない。同居人の凜堂である。人目を惹く美貌ながら、生活破綻者。極めつけはその仕事で、難事件解決専門の探偵だと嘯くのだ。

僕は駆け出しの推理作家だが、まさか本物の探偵に出会うとは。行動は自由奔放。奇妙な言動には唖然とさせられる。だがその驚愕の推理ときたら、とびきり最高なのだ。

これは「事実は小説より奇なり」を地でいく話だ。なにせ小説家の僕が言うのだから間違いない。では僕の書く探偵物語、ご一読いただこう。

怪盗の後継者

久住四季

昼は凡人、でも夜は怪盗――鮮やかな盗みのトリックに驚愕！　痛快ミステリ。


「君には才能がある、一流の泥棒になってみないかい？」

　謎多き美貌の青年、嵐崎の驚くべき勧誘。なんと生き別れの父が大怪盗であり、自分はその後継者だというのだ。

　かくして平凡な大学生だった因幡の人生は大きく変わっていく。嵐崎の標的は政界の大物。そして因幡の父をはめた男。そんな相手に、嵐崎は不可能に近い盗みを仕掛けようとしていた――。

　スリルと興奮の大仕事の結末は!?　華麗なる盗みのトリックに、貴方はきっと騙される！　痛快、怪盗ミステリ。

第26回電撃小説大賞《メディアワークス文庫賞》受賞作

今夜、世界からこの恋が消えても

一条岬

一日ごとに記憶を失う君と、二度と戻れない恋をした——。

僕の人生は無色透明だった。日野真織と出会うまでは——。

クラスメイトに流されるまま、彼女に仕掛けた嘘の告白。しかし彼女は“お互い、本気で好きにならないこと”を条件にその告白を受け入れるという。

そうして始まった偽りの恋。やがてそれが偽りとは言えなくなったころ——僕は知る。

「病気なんだ私。前向性健忘って言って、夜眠ると忘れちゃうの。一日にあったこと、全部」

日ごと記憶を失う彼女と、一日限りの恋を積み重ねていく日々。しかしそれは突然終わりを告げ……。